眠れないほどおもしろい
源氏物語

板野博行

三笠書房

はじめに

日本一わかりやすくておもしろい『源氏物語』の本

日本人に「死ぬまでに一度は読んでみたい日本の古典作品は？」というアンケートを取ったら、おそらく第1位は『源氏物語』になるのではないでしょうか。

ところが、いざ「よーし、読んでやるぞ」と意気込んで、『源氏物語』をひもとこうとすると、注釈・口語訳付の分厚い本を4冊も抱える羽目に陥ります。

日本が世界に誇る古典文学『源氏物語』は、54帖もの長編大作であり（約百万字！）、平安時代の天才・紫式部による格調高い古文で著され、さらに和歌も多数（約八百首！）……と、素人が手を出すには、とてもハードルの高い作品なのです。

しかし、そうしたハードルを解消すべく、これまで多くの作家たちによって、わかりやすい現代語訳の本が出されてきました。古くは与謝野晶子、谷崎潤一郎、円地文子、近年では田辺聖子や瀬戸内寂聴ら、そうそうたる作家たちによる現代語訳が存在しますが、それらとて読み通すには根性のいる分量です。

しかし、『源氏物語』の魅力にとりつかれた身としては（なにしろ、「『源氏物語』の世界を堪能したい」という思いにかられて京都の大学に進学したのです）、そのおもしろさをなんとか多くの人に伝えたい！

また、僕は予備校講師として15年以上、若い学生たちに「古文」を教えてきました。その経験を生かし、こうなったら日本一わかりやすく、おもしろい『源氏物語』の紹介本を書くぞ、と一念発起して書き上げたのが本書です。

そこで本書では、『源氏物語』のストーリーを順を追って説明するのではなく、主要な〝登場人物ごと〟に章立てをして説明する形式をとりました。冒頭で述べたとおり、『源氏物語』は長大な物語なので、それぞれの魅力にあふれた人物ごとにまとめたほうがわかりやすく、楽しく読めると考えたからです。

ですからこの本は、初めのページから気合いを入れて読まずとも、自分の興味の赴くままま、好きな人物の章から読んでもらってかまいません。

光源氏、紫の上、六条御息所、浮舟……きっとあなたも、千年の時を超えて共感する姫君や貴公子と出会えるはずです。

また、本書の最大の特徴ともいえるのが、『源氏物語』のハイライトシーンを漫画化し、「文章→漫画→文章……」という流れで読めるようにしたこと。そのため、とても読みやすく、印象的なシーンが頭に残ると思います。

本書が、『源氏物語』の魅力を少しでも多くの読者の皆さんに伝えられるものになっていれば、筆者としてこの上ない幸せです。

板野博行

目次

はじめに　日本一わかりやすくておもしろい『源氏物語』の本　3

1 桐《きり》壺《つぼ》の更《こう》衣《い》
すぐれてときめきたまふ人
……帝の寵愛をとても受けなさる人　9

2 光《ひかる》源《げん》氏《じ》
たぐひなうめでたくあだなる人
……比類なく素晴らしく、浮気っぽい人　19

3 葵《あおい》の上《うえ》
あてなれどこころへだつる人
……高貴だが打ち解けない人　37

4 空《うつ》蝉《せみ》
たをやぎてなよ竹ならむ人
……柔和でなよ竹のような(芯の強い)人　51

5 夕《ゆう》顔《がお》
らうたげにてあえかなる人
……かわいらしい様子できゃしゃな美しい人　65

6 六条《ろくじょうの》御《み》息所《やすんどころ》
みやびやかなれど愛執深き人
……上品で優雅であるが、愛欲が深い人　77

7 紫《むらさき》の上《うえ》
またなくきよげにてめづらしき人
……この上なく美しくて素晴らしい人　93

8 末摘花《すえつむはな》 ひなびて古めかしくのどけき人……田舎びて古風でありのんびりしている人 111
9 藤壺《ふじつぼ》 とこしへにあらまほしき人……永遠に理想的な人 123
10 朧月夜《おぼろづきよ》 えんになまめきたる人……色っぽく優美である人 135
11 頭の中将《とうのちゅうじょう》 いまめかしくすきがましき人……現代風で好色っぽい人 145
12 明石の君《あかしのきみ》 数ならぬ身なれど気高きさまなる人……とるに足らない身分ではあるが気品が高い様子である人 165
13 花散里《はなちるさと》 なつかしく心ばへの柔らかならむ人……心ひかれる様で気だてのやさしい人 181
14 秋好中宮《あきこのむちゅうぐう》 らうたげにてなまめかしき人……いじらしくてみずみずしく美しい人 189

15 玉鬘《たまかずら》
ゆゆしくきよらなる幸ひ人……素晴らしく美しい幸福な人 199

16 女三《おんなさん》の宮《みや》
いはけなくあえかなる人……子供っぽくきゃしゃな人 215

17 夕霧《ゆうぎり》・柏木《かしわぎ》
夕霧 まめなる人……真面目で誠実な人
柏木 おほけなく軽々しき人……身分不相応で軽率な人 231

18 薫君《かおるぎみ》・匂《におう》の宮《みや》
薫君 香ばしくおよすけたる人……香り高く老成した人
匂の宮 きよらにて匂ふ人……美しい様子で芳しく匂う人 245

19 大君《おおいぎみ》
すきずきしきことになびかぬ人……好色めいたことにはなびかない人 263

20 中《なか》の君《きみ》
にほひ多くあてにをかしき人……つややかに美しく上品で風情がある人 273

21 浮舟《うきふね》
なまめかしく心まどふ人……優美で心迷う人 285

第一部・第二部系図 298

第三部系図 300

1

桐《きり》壺《つぼ》の更《こう》衣《い》

すぐれてときめきたまふ人

……帝の寵愛をとても受けなさる人

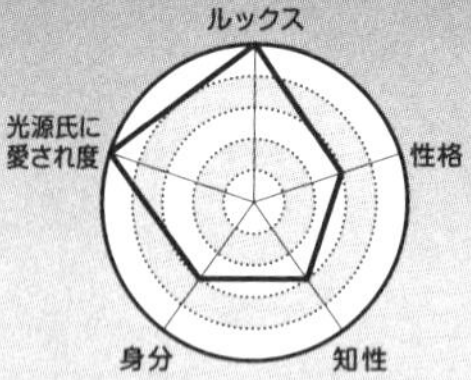

桐壺の更衣

桐壺帝から寵愛され光源氏を産むが、身分が低く後見がいないため弘徽殿の女御のいじめにあい病死。

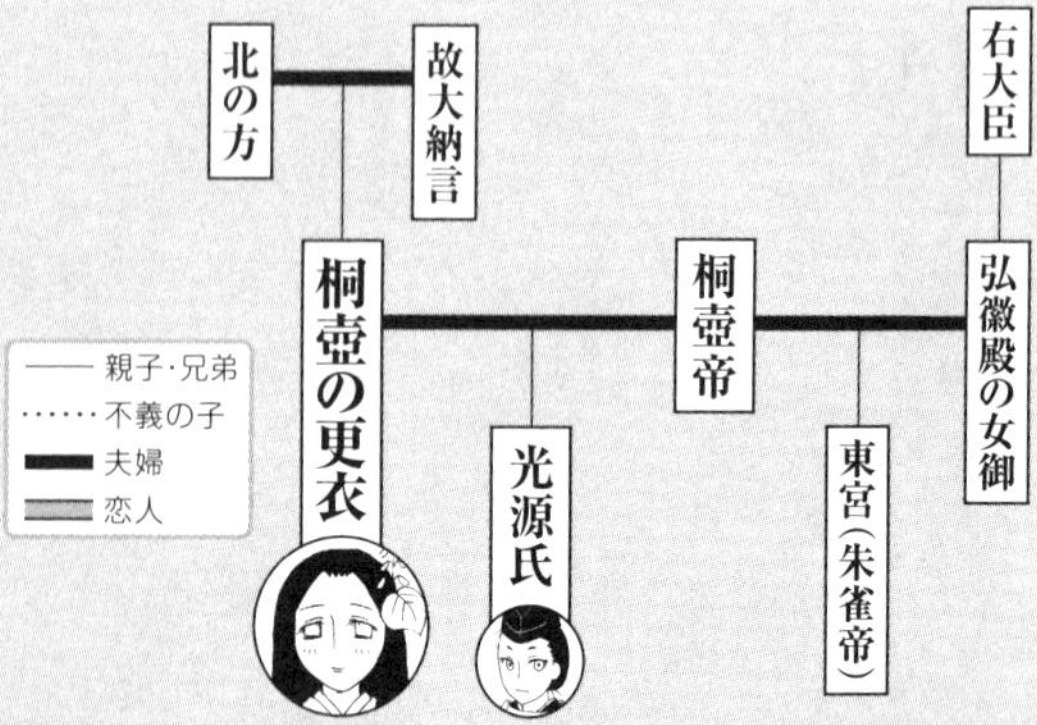

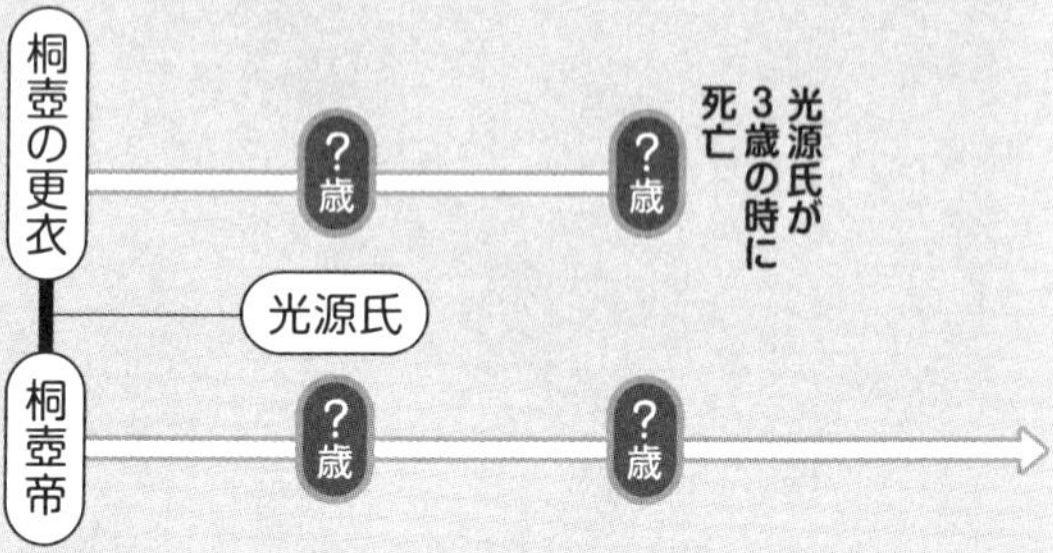

桐壺の更衣物語

「いづれの御時にか＝いつの帝の時だったか」という超有名な冒頭文で始まる『源氏物語』の主人公は、もちろん光源氏です。桐壺《きりつぼ》の更衣《こうい》は、その彼を産んだ偉大なお母さんです。そして、彼女の存在が光源氏の一生を決定づけたと言ってもいいくらい、影響の大きい存在なのです。

この桐壺の更衣は、身分は低い（今は亡き大納言《だいなごん》の娘）のですが、とってもスーパーメチャクチャきれいな女の人でした。中国の美女、*1楊貴妃《ようきひ》にもなぞらえられる美しさです。っていうことで、桐壺帝《きりつぼてい》からの寵愛を一身に受けることになる幸せ者でした。

ちゃんちゃん。……とはいきませんでした。

なぜなら桐壺帝には、こわーいお妃《きさき》、弘徽殿《こきでん》の女御《にょうご》がいます。彼女が黙っているわけがありません。桐壺帝の寵愛を失うことは、自分の地位を脅かされることでもあります。そこで身分も低く、父親もいない桐壺の更衣は、弘徽殿の女御の手下たちにいじめられます。

宮中での女性の身分は、上から中宮《ちゅうぐう》*2（＝皇后）→女御《にょうご》→更衣《こうい》の順です。中でも中宮は別格的存在で、たった一人の帝の正妻です。女御と更衣とは、御息所《みやすんどころ》*3と呼ばれる帝の寵愛を受けた宮女たちです。そして、その御息所たちはたった一人の帝の正妻、中宮の座をねらって争うのです。

その中にあって桐壺の更衣は、いくら桐壺帝の寵愛を受けているとはいえ、それだけで簡単に女御→中宮へと出世できるものではありません。

そして『源氏物語』中、唯一の悪役とも言える弘徽殿の女御の登場です。

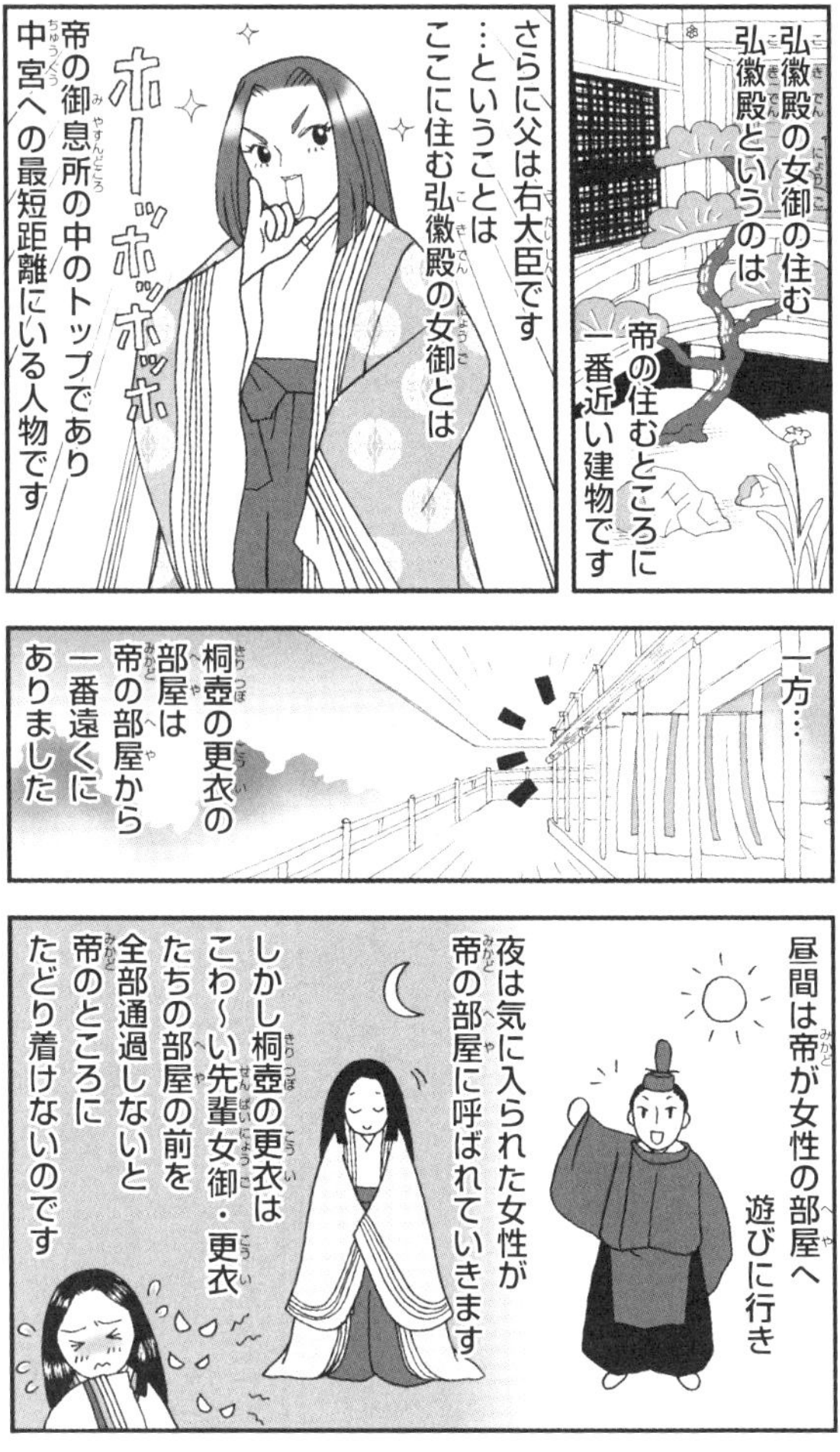

弘徽殿《こきでん》の女御《にょうご》の住む
弘徽殿《こきでん》というのは
帝の住むところに
一番近い建物です
さらに父は右大臣《うだいじん》です
…ということは
ここに住む弘徽殿《こきでん》の女御《にょうご》とは
ホーッホッホッホ
帝の御息所《みやすんどころ》の中のトップであり
中宮《ちゅうぐう》への最短距離にいる人物です
一方…
桐壺《きりつぼ》の更衣《こうい》の
部屋《へや》は
帝《みかど》の部屋《へや》から
一番遠くに
ありました
昼間は帝《みかど》が女性の部屋《へや》へ
遊びに行き
夜は気に入られた女性が
帝《みかど》の部屋《へや》に呼ばれていきます
しかし桐壺《きりつぼ》の更衣《こうい》は
こわ〜い先輩《せんぱい》女御《にょうご》・更衣《こうい》
たちの部屋《へや》の前を
全部通過しないと
帝《みかど》のところに
たどり着けないのです

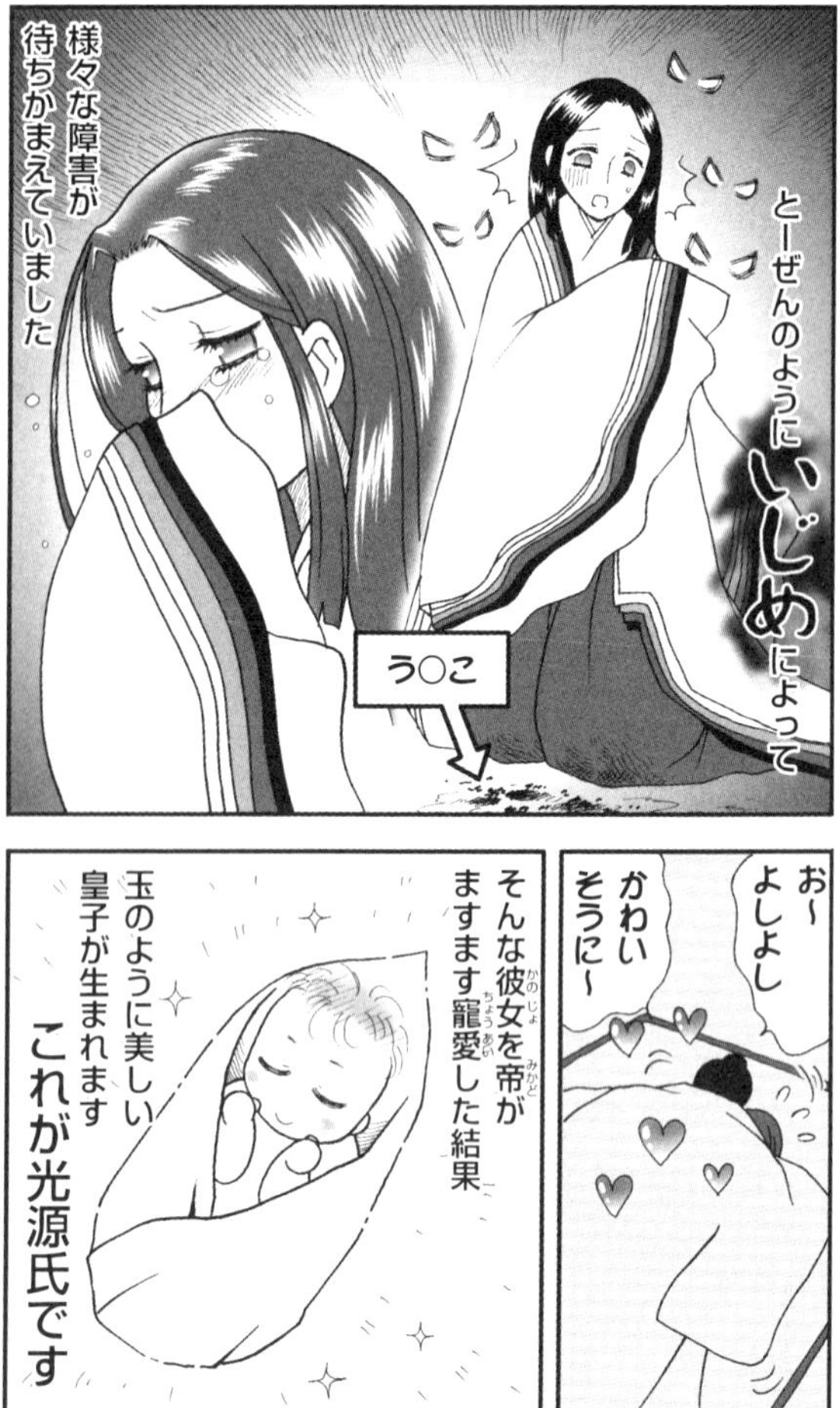
とーぜんのようにいじめによって
う○こ
様々な障害が待ちかまえていました
お~よしよし
かわいそうに~
そんな彼女《かのじょ》を帝《みかど》がますます寵愛《ちょうあい》した結果
玉のように美しい皇子が生まれます
これが光源氏です

しかし、エスカレートしていく弘徽殿の女御の嫌がらせに耐え切れなくなった桐壺の更衣は病気になり、ついに死んでしまいます！　光源氏がわずか3歳の時です。

桐壺帝は愛する更衣を失い、哀しみに沈みまくります。そんな時、光源氏が預けられている桐壺の更衣の実家に女官を派遣すると、女官は桐壺の更衣の形見の品を持ち帰ったのでした。

その後、桐壺帝は、亡き更衣の忘れ形見である光源氏を宮中に呼び寄せ、ますます愛を傾けます。世間では、弘徽殿の女御の息子（第一皇子、後の朱雀帝《すざくてい》）をさしおいて、光源氏が皇太子になるのでは、なんて噂します。

しかし帝は、光源氏のことをちゃんと考えていました。朝鮮からきた人相見《にんそうみ》[*4]の予言に従って「源氏《げんじ》[*5]」の姓を与えて、皇族の身分を離れさせ、臣下にしたのです。しっかりとした後見人がいない光源氏の将来を配慮した結果です。

光輝く美しさをもつ光源氏の物語はここから始まります。

＊1　**楊貴妃**　唐の玄宗《げんそう》の妃。才色すぐれ、玄宗の寵愛を受ける。「桐壺」の巻では白居易《はくきょい》の「長恨《ちょうごん》歌《か》」が引用されており、桐壺帝と桐壺の更衣の関係は玄宗と楊貴妃との関係を踏まえている。

＊2　**中宮→女御→更衣**　中宮（皇后）＝1人＝帝の正妻。女御＝たくさん＝大臣家の娘。更衣＝たくさん＝納言の娘。

＊3　**御息所**　帝の寝所に仕える女性。女御・更衣など。

＊4　**人相見の予言**　「この子供は帝になる相があるが、国が乱れることもある。が、単なる貴族では終わらないように見える」と高麗人の人相見が予言した。

＊5　**「源氏」の姓**　源氏という姓を賜ることで臣下に下り、東宮（いずれ帝に）争いをすることから離脱。

ダイジェスト 桐壺の更衣

❶ その美貌から桐壺帝に寵愛される。

❷ 後見がないため先輩の女御たちのいじめに遭う。

❸ 桐壺帝との間に光源氏を産む。

❹ 弘徽殿の女御にいじめられて病気になり死亡。

❺ 光源氏のマザコンの原因となる。

❻ 桐壺帝の嘆きは深く、ひたすら桐壺の更衣を思慕する。

いづれの御時にか…

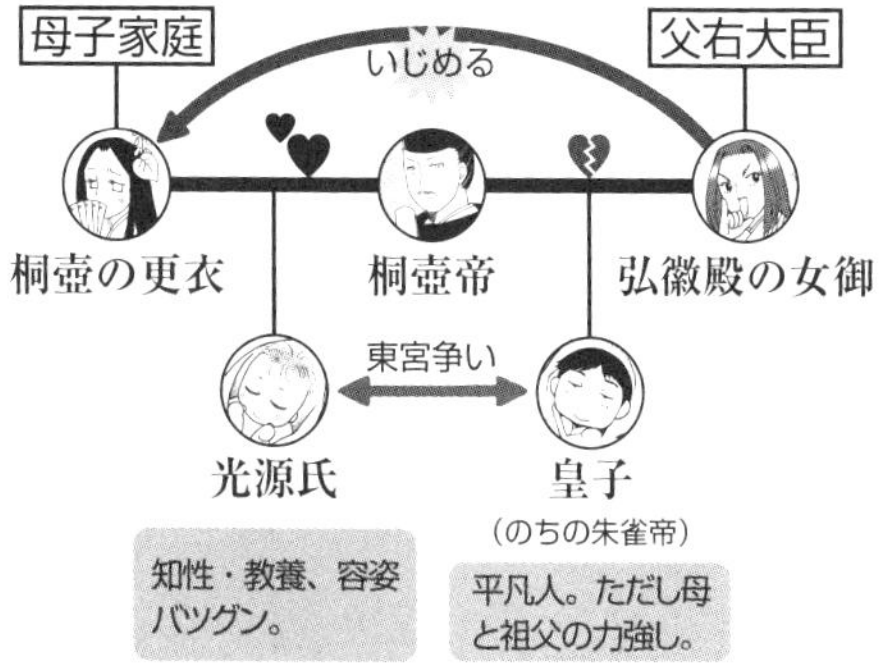

2

光《ひかる》源《げん》氏《じ》

たぐひなうめでたくあだなる人

……比類なく素晴らしく、浮気っぽい人

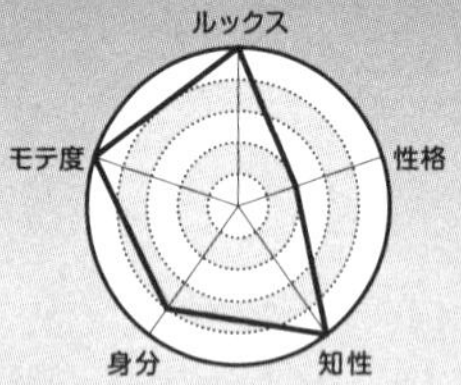

光源氏

『源氏物語』の主人公。幼い頃に母を失いマザコン化（のちロリコン化？）し、数多くの女性遍歴を繰り返す。

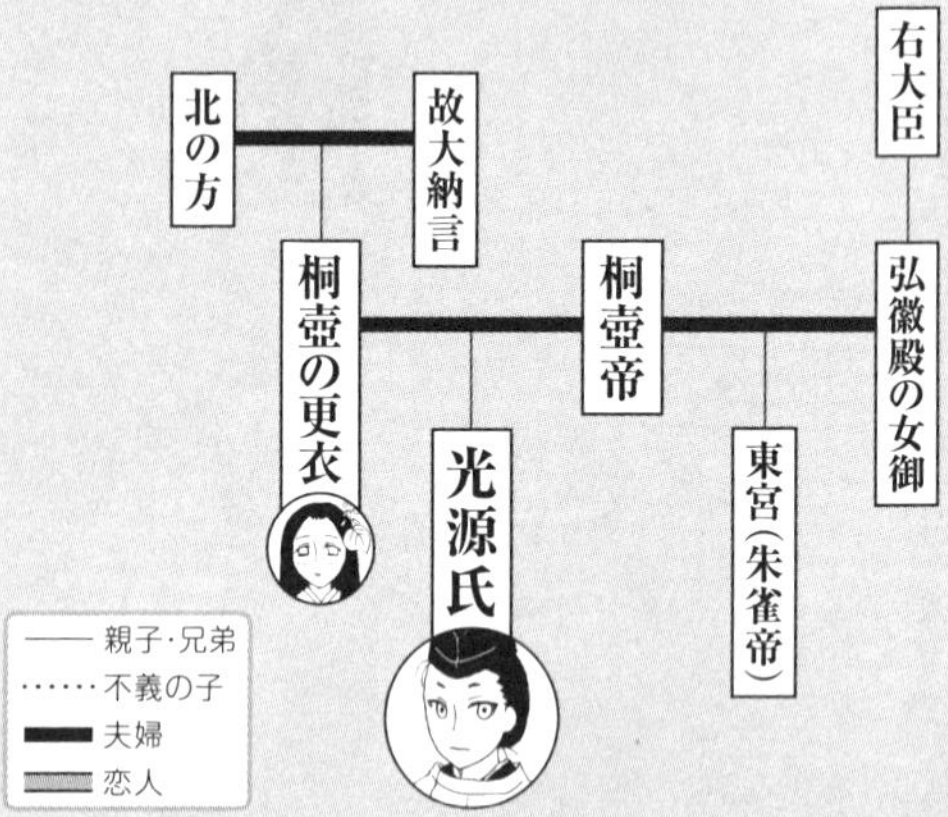

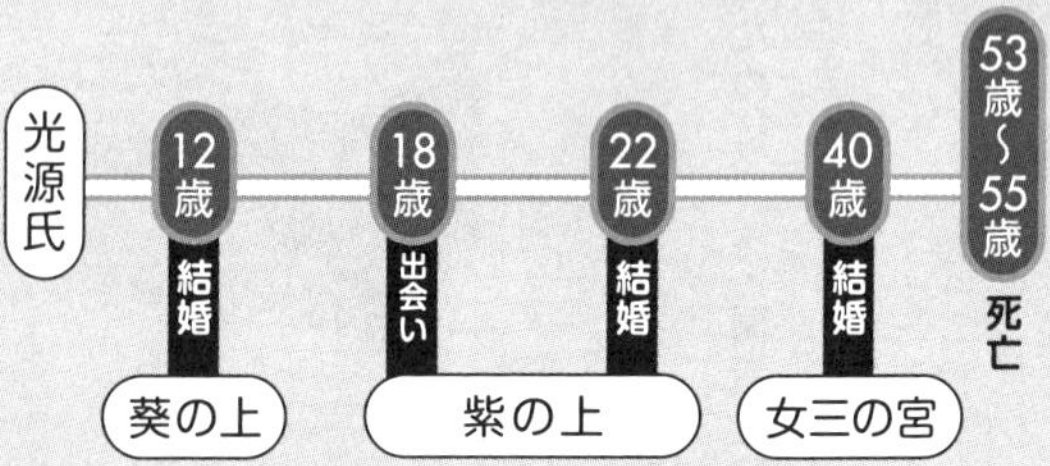

光源氏物語

いつの帝の時代だったたか、誰よりも帝の寵愛を受ける桐壺《きりつぼ》の更衣《こうい》という女性がいた。その結果、光輝く玉のように美しい男の子が生まれたが、更衣は幼い息子を残して亡くなってしまった……『源氏物語』の始まりです。

幼い頃に母親を亡くした光源氏は、亡き母に瓜《うり》二つだったために、父・桐壺帝に入内《じゅだい》*1した義理の母藤壺《ふじつぼ》を慕います。そして、やがて女性として愛するようになります。いわゆるマザコンですね。光源氏の恋愛には、このマザコンの影響が大きく見られます。まずは年上の女性ばかり好きになるのです。

やがて光源氏が元服[*2]（12歳）すると、義母藤壺（17歳）の部屋への出入りは禁止されます。それと同時に、左大臣《さだいじん》の娘葵《あおい》の上《うえ》（16歳）と、愛のない政略結婚をさせられます。しかし、葵の上はプライドが高く、光源氏に打ち解けないので夫婦仲はうまくいきませんでした。

ああ、藤壺様に逢いたい！　葵の上はイヤだな……。そして光源氏は17歳になり、恋の季節を迎えます。

寂しい光源氏は義兄頭《とう》の中将《ちゅうじょう》などに刺激され、中流階級の人妻空蝉《うつせみ》（25歳）を好きになり関係をもちます。しかし空蝉は自らの身分や運命をわきまえ、一度きりの関係のみで、二度と光源氏に逢おうとはしませんでした。光源氏はきっぱりふられちゃいました。

その後、前の東宮《とうぐう》（皇太子）の妻で未亡人の六条《ろくじょうの》御息所《みやすんどころ》（24歳）と恋愛しますが、この六条御息所もプライドの高い女性でした。しかも嫉妬心が強くて、マジな恋愛観の持ち主でした。光源氏は重すぎる愛に耐えかねて、彼女のもとから足が遠のくようになっていきます。

そんなある日、偶然通りかかった五条の邸《やしき》で光源氏は夕顔《ゆうがお》（19歳）という女性と出会います。若い二人は互いに素性を明かさないまま、ただ運命に身をまかせて愛し合うようになりました。ところが、嫉妬に狂った六条御息所の魂が生霊《いきりょう》となり、光源氏の隣で眠っている夕顔をとり殺してしまいます。

愛する夕顔ちゃんが死んじゃったよ〜。ショックから光源氏は病に倒れます。その後、この夕顔が義兄頭の中将の元愛人であり、玉鬘《たまかずら》という娘がいることを光源氏は知りました。

18歳になった光源氏は、春になると北山に病気快癒のための祈禱《きとう》にでかけました。夕顔の死のショックで死にそうになっていたのです。

その途中で、想い人藤壺によく似た少女を見かけビックリ仰天!!　早速その少女の素性を調べてみると、なんと藤壺の姪《めい》でした。そう、彼女こそまだ10歳の姫君、後の紫《むらさき》の上《うえ》なのです。ここで光源氏の恋愛のもう一つの大きな特徴としてロリコンの傾向が現れます。

マザコン＋ロリコン＝理想の女性＝紫の上、となるのですね。

さて、まだ紫の上が若すぎて手に入らなかった光源氏は都に戻り、ライバルの頭の中将と女性の奪い合いを繰り広げます。一人は故常陸《ひたち》の宮《みや》の娘である末摘花《すえつむはな》という女性。もう一人は源《げん》の典侍《ないしのすけ》という女性ですが、どちらも個性的でした。

まず末摘花は、高貴で美しいと評判の女性でした。そこで光源氏は猛烈にアタックし、頭の中将との争奪戦に勝利します。しかし、いざ結ばれてみるとビックリ仰天！とんでもなく不器量な女性だったのです。これには光源氏も腰を抜かしてしまいます。

もう一人の女性、源の典侍はなんと57歳のおばあちゃん。なにをトチ狂ったか、若い貴公子二人がこのおばあちゃんを巡って恋の争奪戦！　結果は両者引き分け、というか源の典侍に振り回されて終わります。これには光源氏も頭の中将も楽しく苦笑いです。

そんなこんなしている間も、義母藤壺への想いを断ち切れない光源氏（18歳）は、ついに藤壺の部屋に強引に押し入り、契ってしまいます。ひと夏の経験……義理とはいえ、親子。罪の意識に苦しむ二人ですが、光源氏はその後も藤壺に迫ります。その結果、藤壺は懐妊し、翌年に皇子（後の冷泉帝《れいぜいてい》）を出産します。

同じ年の冬、北山で見かけた姫君を育てていた尼君が亡くなったために、光源氏はこの薄幸の紫の上（11歳）を二条院[*3]に引き取り、自分の理想の女性にすべく大切に育てます。すごい計画ですね。

20歳になった光源氏は桜の花の宴のあった夜、右大臣の六番目の娘で入内予定の朧《おぼろ》月夜《づきよ》と出会い、甘美な一夜を共にします。スリルある恋愛です。政敵である右大臣《うだいじん》の娘との恋愛ですからね。ゾクゾクします。

光源氏が22歳の春、父桐壺帝《きりつぼてい》が譲位することになり、兄朱雀帝《すざくてい》が即位しました。藤壺との不義の子は東宮となり、藤壺と光源氏は複雑な思いで見守ります。この年、正妻葵の上（26歳）が懐妊します。嫌い嫌いと言いながらこれか……。とは言っても、光源氏もやはり人の子。懐妊した葵の上との間に夫婦の愛情が芽生えてきます。

ところが、ここで現れるのが、あの六条御息所です。不運にも葵の上は、葵祭《あおいまつり》の見物時に起こった車の場所取り争いで六条御息所の恨みを買ってしまい、息子夕霧《ゆうぎり》を出産した後に六条御息所の生霊に乗り移られ、それが原因で急死します。夕顔に次いで六条御息所の生霊による二人目の犠牲者です。

葵の上が亡くなったために正妻がいなくなった光源氏（22歳）は、その年の冬、大切に養育され美しく成長した紫の上（15歳）と結婚します。結果的には光源氏にとって喜ぶべき展開ですね。

光源氏23歳の冬、父桐壺院が亡くなります。困ったのは藤壺です。桐壺院という強力な後見《うしろみ》がいなくなり、実権を握った弘徽殿《こきでん》の女御（朱雀帝の母であり、右大臣の娘、朧月夜の姉）が藤壺に嫌がらせを始めたのです。そして藤壺は、息子（東宮）を守るために「出家する」という道を選択します。これは光源氏の愛を退けつつ、実父の光源氏の後見を受けるための最後の手段でした。聡明な彼女らしいナイスな判断です。

これに驚き哀しんだのは光源氏でした。藤壺の出家により、想いを実現することがかなわなくなった光源氏（25歳）は、朱雀帝に入内した朧月夜と相変わらず密会を重ねていました。

おいおい、やばいよ〜、今は右大臣一派の時代だよ〜。ということで、予想通り右大臣と弘徽殿《こきでん》の大后《おおきさき》に知られてしまい、光源氏の政治的立場が危なくなります。

いよいよ政治的危機感を感じた光源氏（26歳《さい》）は…
このまま都にいるとヤバい！
須磨《すま》への退居を決意し
愛する紫《むらさき》の上《うえ》や藤壺《ふじつぼ》らと別れの挨拶《あいさつ》を交わします
須磨《すま》ではわびしく暮らし
都の人たちとの手紙のやり取りだけが唯一《ゆいいつ》の心の支えでした
退屈《たいくつ》な生活が一年を過ぎたころ、光源氏が休んでいると…

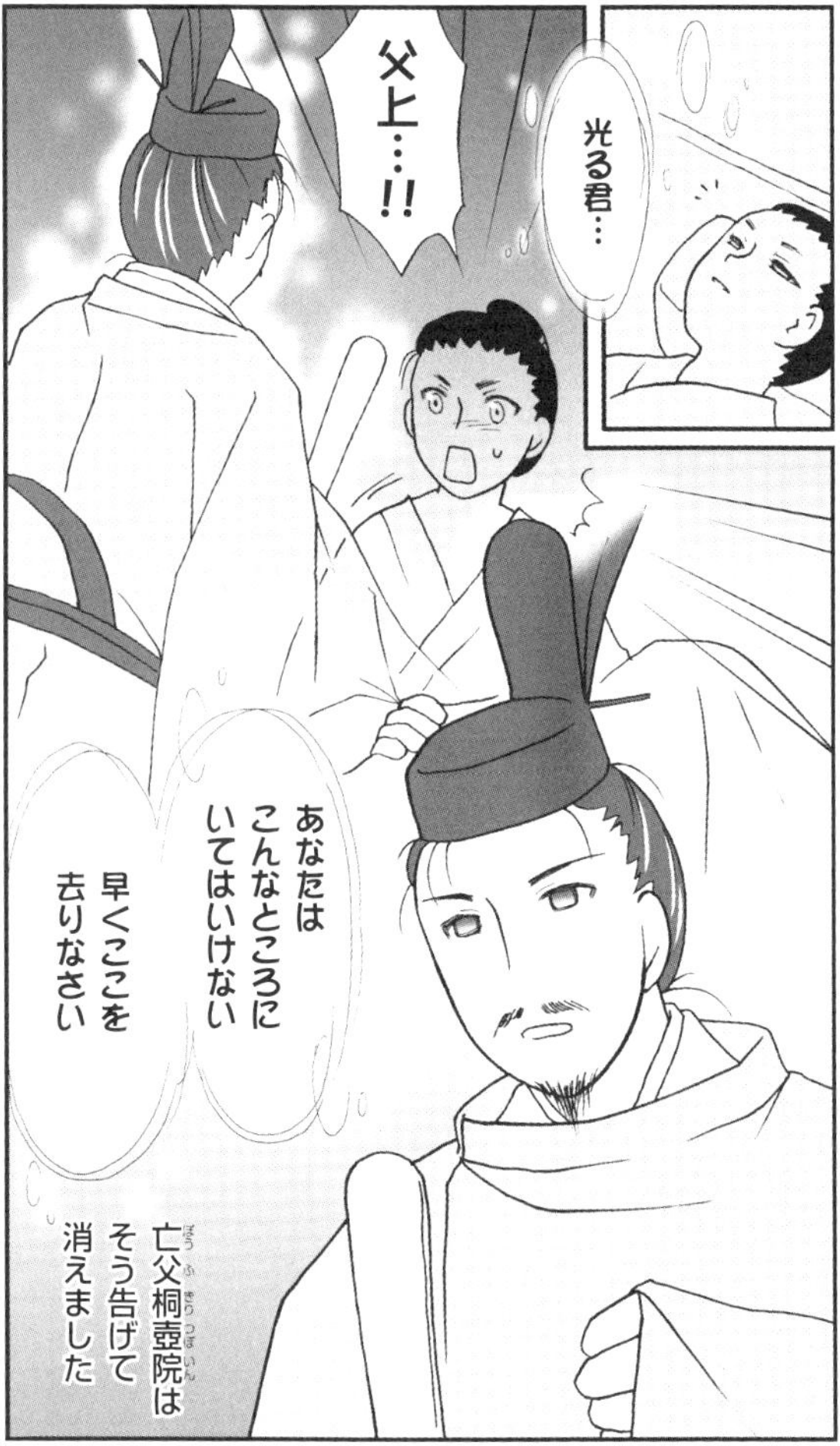
光る君…
父上…!!
あなたは
こんなところに
いてはいけない
早くここを
去りなさい
亡《ぼう》父《ふ》桐《きり》壺《つぼ》院《いん》は
そう告げて
消えました

亡き父の忠告通り須磨《すま》[*4]を離れた光源氏（27歳）は、明石《あかし》の入道《にゅうどう》の案内で明石《あかし》[*5]にたどり着きます。実は明石の入道にも夢のお告げがあったのです。明石の入道の強い願いで娘の明石《あかし》の君《きみ》（18歳）と結婚した光源氏は、毎晩のように愛し合い、明石の君はめでたく懐妊します。

都のことなんか忘れたかのように幸せいっぱいの光源氏でしたが、都に戻ってもいいよ～という知らせを受けて、妊娠中の明石の君を残して三年ぶりに都に戻ります。光源氏がいない間、朱雀帝は病気になり、都も天災に見舞われていたのです。

光源氏（28歳）が帰還すると、朱雀帝（32歳）は譲位して藤壺の子、冷泉帝（11歳）が即位します。光源氏は幼い帝の補佐として内大臣[*6]に昇進します。右大臣一派は没落し、左大臣一派の天下が訪れました。

光源氏が都に戻った後、明石の君（22歳）が女の子（明石《あかし》の姫君《ひめぎみ》）を出産します。光源氏はその娘の将来のことを考えて、身分の高い紫の上（23歳）に養育させることにしました。明石の姫君は、後に今上帝に入内し、中宮にまでのぼりつめます。
光源氏32歳の春、藤壺（37歳）が亡くなりました。光源氏は大ショックです。しかし光源氏以上にショックだったのは、冷泉帝です。自分の出生の秘密を知ってしまったのです。冷泉帝は実父光源氏に譲位をほのめかしますが、事実を知られた光源氏はただ困惑し、辞退するのでした。

光源氏35歳の秋、この世の極楽ともいえる六条院[*7]が完成しました。紫の上と光源氏は春の町、花散里《はなちるさと》が夏の町、秋好中宮《あきこのむちゅうぐう》（六条御息所の娘）が秋の町、そして明石の君が冬の町に移り住みました。さながらハーレム状態です。
この頃、亡き夕顔の忘れ形見、玉鬘を偶然発見した光源氏は、実の父である内大臣（かつての頭の中将）に内緒で六条院に引き取ってしまいます。夕顔に似て美しかったからなんですね。また光源氏の悪い癖がでたか……。

光源氏39歳の冬、朱雀院（42歳）は床に臥し、残していく娘・女三《おんなさん》の宮《みや》の結婚について悩んでいました。そして悩んだ結果、光源氏に女三の宮の後見を依頼することにしました。光源氏としては生涯の伴侶と決めた紫の上のことや、自らがすでに高齢であることを理由に断ろうと思っていましたが、死に臨んでいる義兄朱雀院の頼みなのでついに承知します。

40歳の光源氏に、14歳の女三の宮が正妻として降嫁《こうか》*8したのです。それ以来、紫の上は光源氏への愛に不信を抱き、病気がちになってしまいます。さらに六条御息所の物《もの》の怪《け》が紫の上を襲います。被害者3人目です。死んでも出てくるか……執念深いやつ。

一方、光源氏は期待していた女三の宮が、幼い頃の紫の上と比べても、あまりにも幼稚過ぎることに落胆します。

そして逆に紫の上への愛を再認識したのですが、その間に女三の宮と内大臣の息子柏木《かしわぎ》が密通し、女三の宮は懐妊してしまいます。

これにはさすがに光源氏もショックを受けます。若き日に義理の母藤壺と不義密通したという、自らが犯した罪への報いであると感じた光源氏でした。しかし、ちゃんと柏木には報復し、気の弱い柏木は光源氏におののいて病気になり、ついには死んでしまいます。

死を予感する紫《むらさき》の上《うえ》は
残りの人生を
仏道に専心したいと考え
ひたすら出家を
願いますが…

光源氏は
決して許そうとは
しませんでした
愛する人と
この世で別れることだけは
したくなかったのです

光源氏
51歳の秋
紫《むらさき》の上《うえ》(43歳)は
養女明石の中宮に
手を取られて
亡くなります
最愛の妻を失った
光源氏の悲しみは深く
出家を思いながら
呆然と暮らすように
なります

＊1 **入内** 帝の妃として後宮に入ること。

＊2 **元服** 男子の成人式。髪型を変え、大人の装束を着、初めて冠《かんむり》をつける儀式。初冠《ういこうぶり》、初元結《はつもとゆい》とも言う。女性の場合は裳着《もぎ》と言う。通常元服の日の夜に結婚する。元服の年齢としては光源氏が12歳、冷泉帝が11歳、夕霧が12歳、薫君が14歳。

＊3 **二条院** 桐壺の更衣の実家を改築した光源氏の自邸。内裏《だいり》から結構近い（内裏の南門である朱雀門から歩いて10分くらい）。

＊4 **須磨** 現在の兵庫県神戸市須磨区のあたり。月の名所であり、海人《あま》が塩を焼く土地として有名だった。しかし、当時は都と比べてド田舎と言ってもいい。

＊5 **明石** 現在の兵庫県南部。

＊6 **内大臣** 左右大臣の下の地位。ナンバー3の地位。「うちのおとど」とも。

＊7 **六条院** 光源氏は六条御息所の娘の後見をした縁から、六条の地に極楽浄土のような六条院の大邸宅を造築した。光源氏の栄華の象徴ともいえる。内裏からは二条院の倍以上離れた所にある。ちなみに左京区。

＊8 **降嫁** 皇女が皇族以外の男性（臣下）に嫁ぐこと。

ダイジェスト光源氏

❶ 正妻葵の上とうまくいかず17歳から女性遍歴開始。

❷ 義母藤壺と密通し不義の子（後の冷泉帝）を産ませる。

❸ 幼い紫の上を強奪し、理想の女性にすべく教育した後、妻とする。

❹ 右大臣の六の君、朧月夜とのスキャンダルで須磨・明石へ流《る》謫《たく》。

❺ 明石から帰京後は栄進、明石の姫君は中宮に、光源氏は准太上天皇に。

❻ 晩年（40歳）、女三の宮（14歳）の降嫁で紫の上を悩ませる。

光源氏の愛した女性 勝手にランキング

順位		名前
1位	♥♥♥	藤壺（永遠の想い人）
2位	♥♥	紫の上（藤壺の姪・ロリコン）
3位	♥	花散里
4位	♥	明石の君
5位	♥	夕顔
6位	♥	朧月夜
7位	💔	六条御息所

3

葵《あおい》の上《うえ》

あてなれどこころへだつる人

……高貴だが打ち解けない人

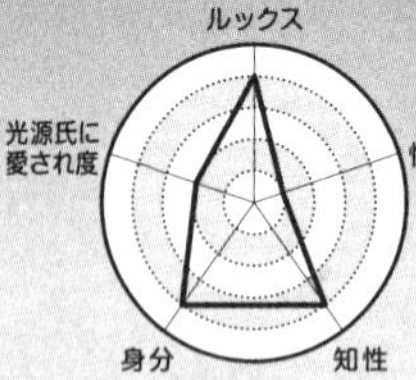

葵の上

光源氏の最初の正妻。頭の中将の妹。夕霧出産後、六条御息所の生霊にとりつかれあえなく死亡。

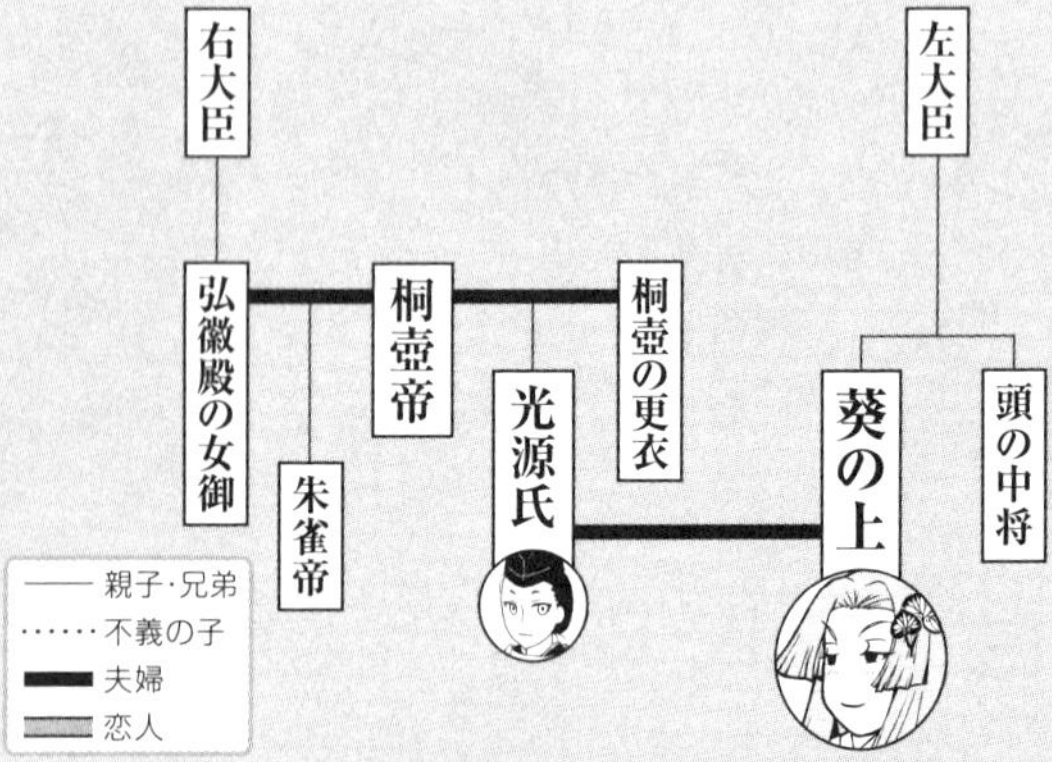

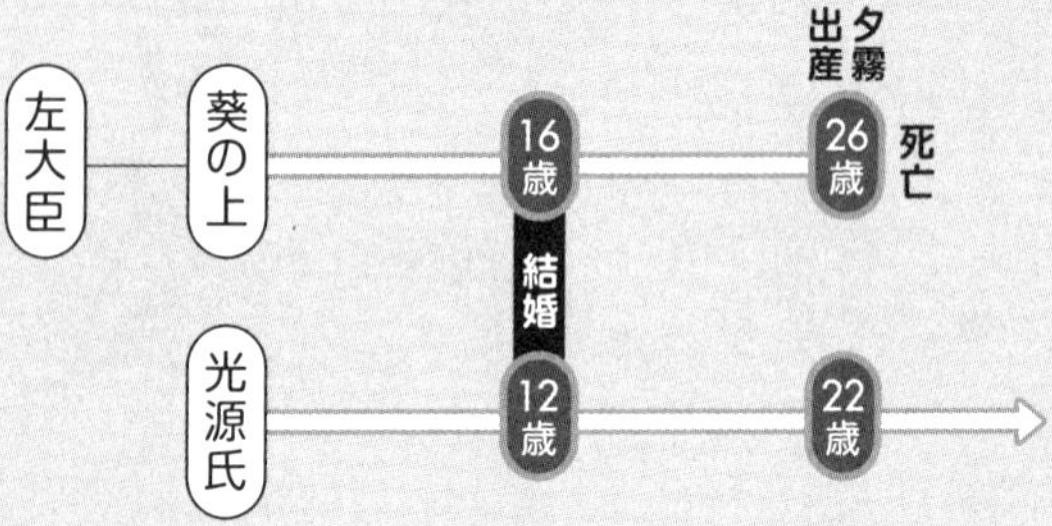

葵の上物語

光源氏のお父ちゃんである桐壺帝《きりつぼてい》は桐壺《きりつぼ》の更衣《こうい》（光源氏の母）を寵愛《ちょうあい》していました。その桐壺の更衣が死んだ後も、この更衣にそっくりな藤壺《ふじつぼ》という妃を迎え入れます。

さて光源氏は3歳で母ちゃんを亡くしたわけで、それがかえって母を理想化してしまい、いわゆるマザコンになります。光源氏の恋のスタートは「マザコン」がキーワードです。そこで、この母ちゃんに瓜二つだといわれている藤壺を母代わりとして慕っているうちに女性として愛してしまいます。義理の母と息子……禁断の愛……。

しかし、当時は元服すると、もう母には簡単には会えなくなります。12歳で元服した光源氏も、とーぜん大好きな藤壺の部屋には入れてもらえません。もう大人なんですから。さらに左大臣《さだいじん》家の葵《あおい》の上《うえ》と政略結婚させられます。これはひとえに右大臣《うだいじん》側との権力争いのバランスを取るためのものなんです。愛のない結婚。空しい夫婦生活。

光源氏12歳。葵の上16歳。ひな人形のようなカップルです。藤壺みたいな素敵な女性と結婚した～い、と思っていたマザコン光源氏でしたが、葵の上は違いました。左大臣家という高貴な家庭に育った葵の上は、ちょびっとタカビーな女性でした。葵の上としては「帝と結婚するくらいが当然！」と思っていたので、これは仕方のないところです。しかし、葵の上は光源氏が訪ねてきても人形のようにとりすましていて、心を開いてくれません。これには光源氏もガックリです。

光源氏が大病を患《わずら》った時にも、葵の上は見舞いに行きません。病気が癒《い》えてようやく葵の上のもとを訪れた光源氏とのやりとりも、二人の間に愛がないことを確認するだけのものです。義理の父、左大臣は娘の大切な夫として、何かと光源氏に気を使ってくれます。義理の兄、頭《とう》の中将《ちゅうじょう》とも仲良し（悪友？）です。問題は葵の上だけなんですね。

ちなみに左大臣家と結婚した光源氏は、当然、右大臣家とは対立する関係になります。こちらにはこわ〜い、あの弘徽殿の女御《こきでんのにょうご》（光源氏の母である桐壺の更衣をいじめ殺した人）とその息子（光源氏の異母兄、後の朱雀帝《すざくてい》）がいます。

正妻葵の上が光源氏に打ち解けない→光源氏は他の女性のもとへいく→かっこいい光源氏は浮気しまくり。

これは当然の流れといえます。もちろん「藤壺命！」の光源氏でしたが、義理とはいえ母である藤壺は彼の性欲を満たしてはくれないので（結局過ちは起こりますが……）、ここから多くの女性たちとの関係が始まります。

1. 空蟬《うつせみ》（人妻。その義理の娘である軒端《のきば》の荻《おぎ》ちゃんとも関係したりして）
2. 六条御息所《ろくじょうのみやすんどころ》（もののけ〜）
3. 夕顔《ゆうがお》（六条御息所に呪い殺されちゃう）

4. 末摘花《すえつむはな》(赤鼻のブスちゃん)
5. 源の典侍《げんないしのすけ》(57歳の自称元ミス小町)
6. 朧月夜《おぼろづきよ》(敵側の右大臣の娘!)

光源氏17歳から20歳までは、まさに恋の季節と言うべきでしょう(相手選びに問題がありすぎですが……)。後の正妻、紫の上《むらさきうえ》とも18歳の時に出会っています。

しかし、ただ単に光源氏の性欲を満たすためだけに、女性たちが登場したのではありません。当時は、妻や愛人の父からの経済的な援助が、男にとってとても大切な意味をもっていました。光源氏の場合も、関係をもった女性たちが彼を栄華の道へと導くことになります。

話を葵の上に戻します。再び登場するのが9巻目の「葵」です。ここでの彼女は、なんと光源氏の子供を身ごもっているのです。ケンカというか冷戦状態の仮面夫婦だったはずなのに、いつのまに……。この時、光源氏22歳。葵の上26歳。

この時期とても大切な
ある事件がおきます
京の三大イベント
賀茂祭《かも》（通称《つうしょう》 葵祭《あおいまつり》）
の前に行われる御禊の儀
光源氏の正妻 葵《あおい》の上《うえ》
祭りに
間に合わないわ
急いで！
ドドド
光源氏のお荷物愛人
六条御息所《ろくじょうのみやすんどころ》
いい場所
とれたわん♥
鉢合《はちあ》わせした二人《ふたり》は
場所取り合戦
をしちゃいます！
あそこがいいわ♪
んまーっ！
なんて
図々《ずうずう》しい！
光源氏様の
正妻だ
そこを
どけい！
今で言う
花見の席の取り合い
みたいなもんですね

なんといっても今年《ことし》は
光源氏が行列に参加するので
キラーン
どきなさいよ〜
愛人VS正妻
両者とも譲《ゆず》れない事情が
あるわけです
バチバチ
当然正妻葵《あおい》の上《うえ》が
勝ちます
WIN!!
全《すべ》ては身分、立場で
決まるのです
ホホホホホ
キーーッ!
先に場所を取っていたのは
六条《ろくじょうの》御息所《みやすんどころ》なのに…
ボロッ…

暴力的に押し退けられた
六条《ろくじょうの》御息所は
きゃーっ!
光源氏様～
なんと
お美しい!
オォ
光源氏様
ステキ!
キャー
祭りはもちろん
光源氏を見ることも
かないませんでした
さらに葵《あおい》の上《うえ》が妊娠《にんしん》
していることまで
知ってしまいます
ガン
100t
!
タイミング悪すぎ
ぱたむ
おのれ…
葵《あおい》の上《うえ》ええええええ!

そうです、六条御息所は夕顔を呪い殺したように、恨みが頂点に達すると体から霊魂が抜け出して相手を呪うという特殊体質の女性なのです。ということで六条御息所は生霊となって、にっくき葵の上の体に乗り移り、光源氏の前に現れます。こわ～い。

いよいよ出産が近づいてきた時、物の怪と化した六条御息所が葵の上に乗り移り、光源氏を愛するあまりの嫉妬と切ない苦しみを訴えたのです。[*1]加持祈禱《かじきとう》をしていた光源氏も、これにはびっくり！　気持ちはわかるとしても、出産間近の葵の上にとっては、いい迷惑。

秋、葵の上は男児（夕霧《ゆうぎり》）をなんとか無事に産んだものの、突然死んでしまいます。六条御息所の呪いがその原因と言えます。やっと光源氏の長男を産んだのにねえ。と言っても、光源氏にとっては実は二人目の子供です。藤壺との不義密通の子（後の冷《れい》泉帝《ぜいてい》）がすでに存在するのでした。

生前の葵の上とはなにかとうまくいかなかった光源氏でしたが、夕霧出産後にようやく心を通わせることができたと思っていたので、光源氏はとても哀しみます。

そして、この事件によって光源氏と六条御息所との別れが決定的になりました。夕顔と葵の上、二人の女性を呪い殺されたとなれば、犯人とも言える六条御息所とつき合い続けることは、さすがの光源氏にもできません。一方、光源氏のことが諦めきれないでいた六条御息所も、ついに光源氏と別れ、＊2斎宮《さいぐう》となる娘とともに伊勢へ下る決意を固めます。

正妻のいなくなった光源氏は、葵の上の喪《も》が明けたこの冬に、あの紫の上と＊3新枕《にいまくら》を交わします。光源氏と紫の上とが北山で出会ってから、5年の歳月が流れていました。

さてさて葵の上が素直でかわいい奥さんだったら『源氏物語』って成り立っていないんですね～。「愛する正妻」、この言葉自体が矛盾しているんでしょうか。それとも男はどうあれ浮気をする生き物なんでしょうか。残された夕霧もかわいそうな気がします。ちなみに夕霧君は、後に花散里《はなちるさと》という光源氏の妻の一人に引き取られて、無事に育てられます。

＊1　加持祈禱　願い事の成就や病気平癒などのために行われた密教の呪法。仏の法力による加護を祈ること。

＊2　斎宮　帝の代わりに天照《あまてらす》大神《おおみかみ》を奉斎《ほうさい》する巫女《みこ》。帝の崩御・譲位や斎宮の父母の喪によって交替する。伊勢の斎宮には六条御息所の娘が任命された。一方、賀茂の斎院は都の平安と豊穣を願うもので、弘徽殿の大后の娘が任命された。

＊3　新枕　男女が初めて共寝すること。ここではかなり強引に光源氏が紫の上と新枕し、紫の上はショックを受ける。

ダイジェスト葵の上

1. 左大臣家に生まれ、兄は頭の中将。本人は中宮も期待された姫君。
2. 年下光源氏との愛のない政略結婚。
3. プライドが高く光源氏とはうまくいかない妻。
4. 光源氏との間に長男夕霧をもうける。
5. 葵祭（賀茂祭）において六条御息所と車争いのバトル。
6. 夕霧出産後六条御息所の物の怪により急死。

右大臣家VS左大臣家

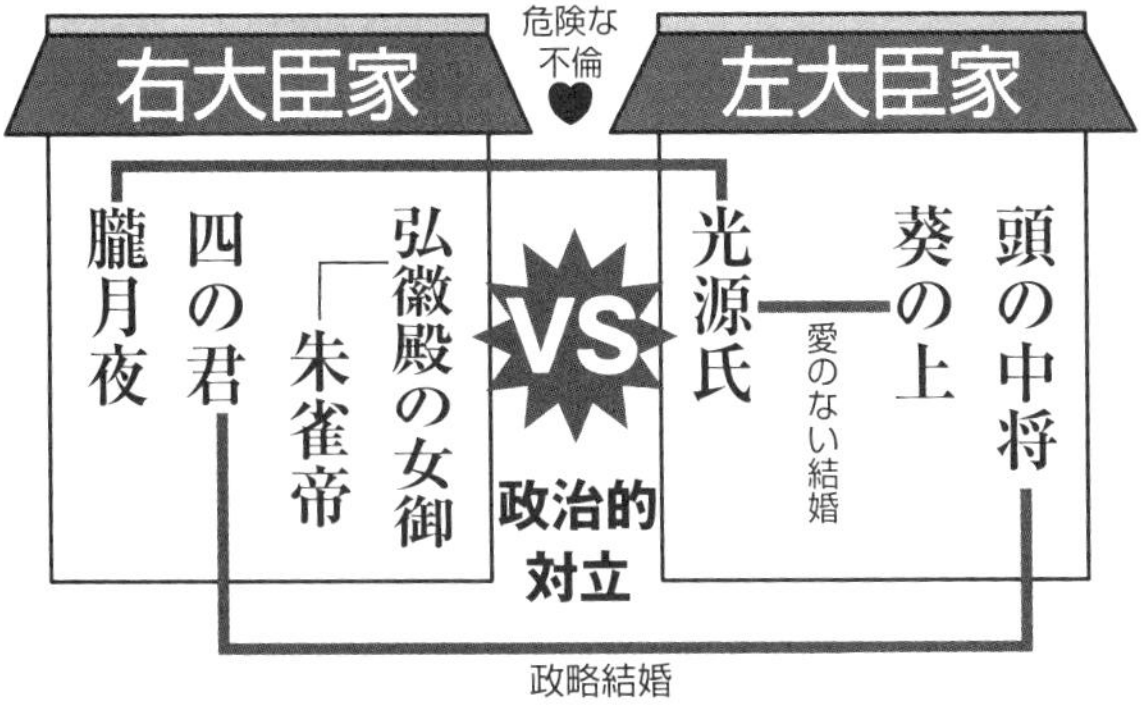

4

空《うつ》蟬《せみ》

たをやぎてなよ竹ならむ人

……柔和でなよ竹のような（芯の強い）人

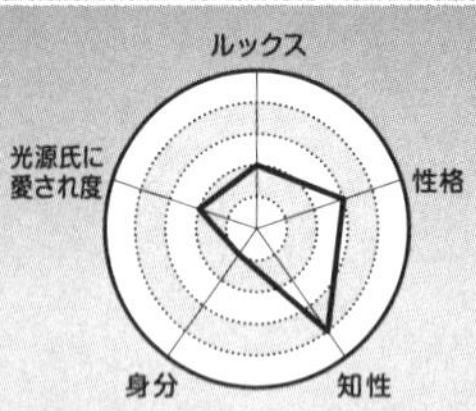

空蝉

老齢の地方官伊予の介の後妻。
8歳年下の光源氏と一夜限りの
契りを交わすが以後は拒み通す。

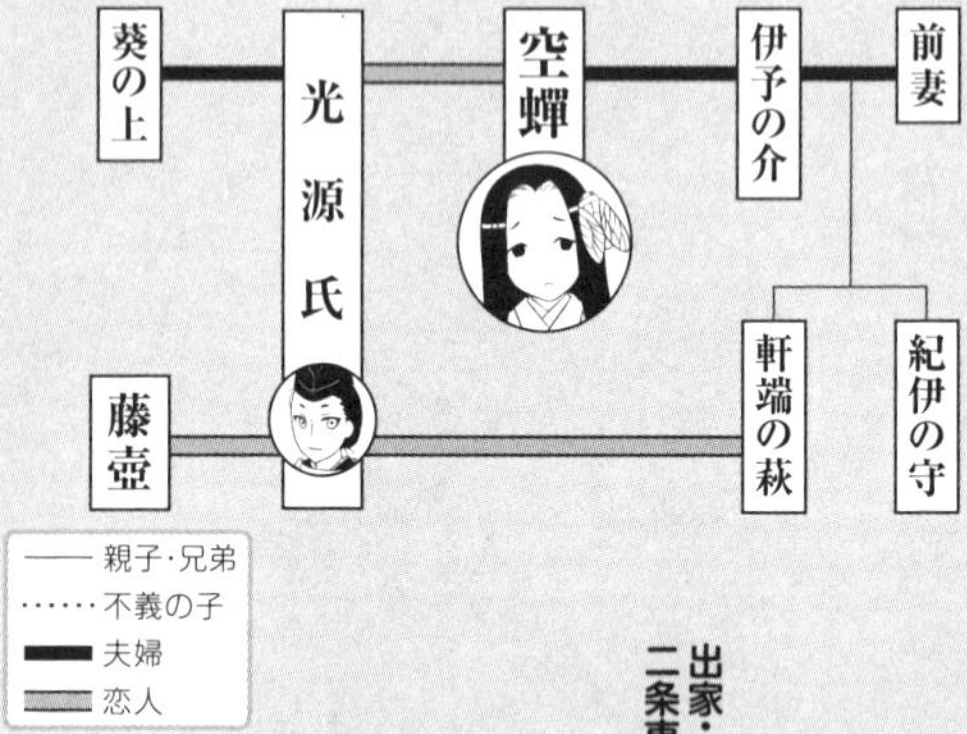

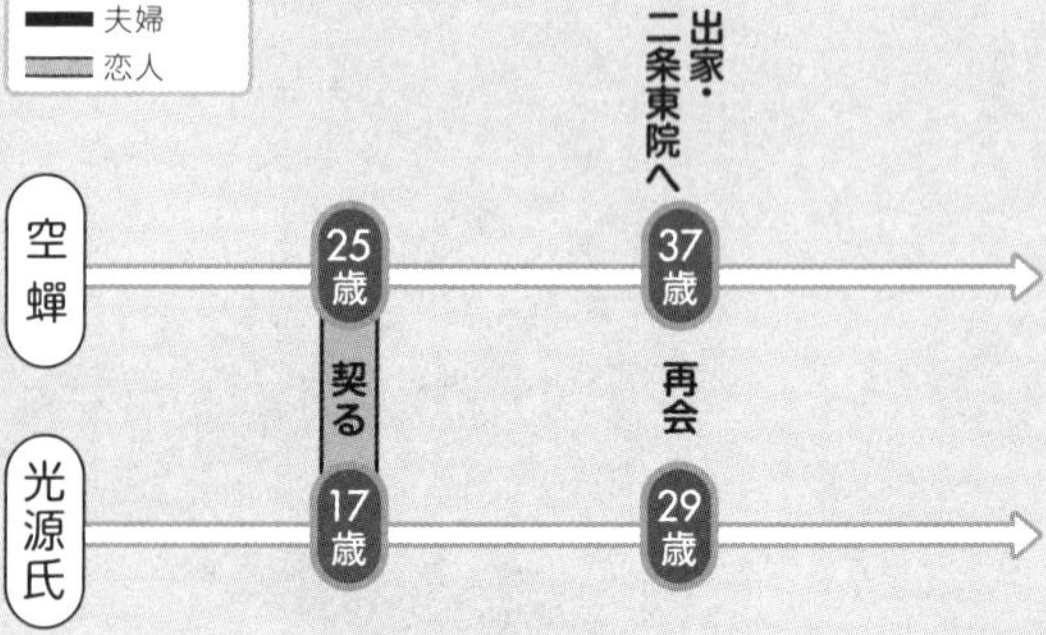

空蝉物語

光源氏と空蝉《うつせみ》との出会いのきっかけは、光源氏が男友達と女性談義をしたことに始まります。

ある時、長雨続きで部屋にこもっていた光源氏のもとに、頭《とう》の中将《ちゅうじょう》（葵《あおい》の上《うえ》の兄）*1や左馬頭《さまのかみ》*2、藤式部丞《とうのしきぶのじょう》が遊びにきます。みんな若い男です。

となると、自然に話す内容は女のこと。それぞれが自分の恋愛体験を自慢げに語るんですね。ちょっとホラも吹きながら。若い光源氏（17歳）は語るほどの恋愛経験もないので、もっぱら聞き役です。

左馬頭は、嫉妬に狂って指に食いついてきた「指食いやきもち女」の話や、風流なんだけど浮気っぽかった「木枯らしの女」の話をおもしろく話します。藤式部丞は学者の娘との恋愛の失敗談を語ります。彼女の常用していた薬がニンニク臭くて別れちゃった、などと本当か嘘かわからない内容です。

一方、頭の中将の恋愛話には、深いものがありました。頭の中将には北《きた》の方《かた》*3（右大《うだい》臣《じん》の娘）がいますが、昔こっそり浮気をしたことがあったのです。しかし、その相手があまりにいじらしくて深く愛してしまい、ついには女の子まで生まれてしまったのです。その女性のことを「常夏《とこなつ》の女」と呼びます。しかし、そのことが頭の中将の北の方にバレてしまい、いじめられた「常夏の女」は娘とともに行方不明になってしまったと言うのです。

これが、かの有名な「雨夜《あまよ》の品定め」というやつです。男が四人集まって経験談を語りながら、どんな女がイイ女なのかを品定めするのです。

ここで光源氏がわかったことは、上流階級より中流階級の中にイイ女がいるということです。プライドがそれほど高くなく、金のある親に大切に育てられていて、十分に教養も備えた女性がいるということを、光源氏は教えられちゃうのです。上流階級でもなく、まして下流階級でもない、シンデレラのような女性……まだ恋愛初心者だった光源氏にとって新鮮な内容の話です。思わず想像が膨らんでしまう光源氏でした。

で、ここから空蝉が登場します。というのも、この「雨夜の品定め」の翌朝、正妻の葵の上のところに行くんですよ。もとから打ち解けてくれない彼女でしたが、この日も相変わらずよそよそしい。ってことで昨日の女の話でムラムラの源氏は（女を求めて？）*4紀伊《きい》の守《かみ》の中川邸に泊まりに行きます。口実としては*5方違《かたたが》えってことにして。

紀伊の守の中川邸に着くと、早速、光源氏のもとに女の情報が入ってきます。サスガ好き者。そこには、年老いた*6伊予《いよ》の介《すけ》の若い後妻である空蝉が滞在していました。光源氏は昨夜の話を思い出します。「中流階級の女がいいって言ってたな……」ということで興味津々。早速、夜中に忍び込んで空蝉を襲っちゃいます。

この時、光源氏17歳。空蝉25歳。8歳年上ですが、マザコン光源氏にとってはちょうどいくらいの年の差です。しかーし、空蝉の側からすると光源氏に愛されることを素直に喜べないのでした。だって自分は人妻。ただの老地方官[*7]の後妻。しかも年上。相手は今を時めくモテモテの光源氏。すぐに捨てられる〜。

ということで一度きりの契りの後、空蝉は光源氏を拒絶します。しかし、拒まれれば拒まれるほど逆に燃え上がるのも恋というもの。光源氏はそんな空蝉を強情な人だと思いつつ、めげずにアタックを続けます。

伊予の介の留守によって、再び空蝉を襲う（?）チャンスを得た光源氏は、ルンルン気分で中川邸を訪れます。空蝉の弟の小君《こぎみ》くんの手引きのおかげです。そこで義理の娘の軒端《のきば》の荻《おぎ》と碁《ご》を打っている空蝉をこっそり垣間見《かいまみ》しちゃいます。

で、実際に見てみると空蝉は美人じゃなかったんですよ。でも恋する光源氏には、奥ゆかしく上品な方だ〜、と映るわけですね。軒端の荻ちゃんと比べてみて、空蝉はなんて大人の色気がある方なんだ〜なんて思います。客観的には軒端の荻ちゃんのほうが若くて色白でポッチャリしていて、いいんですけどねえ。

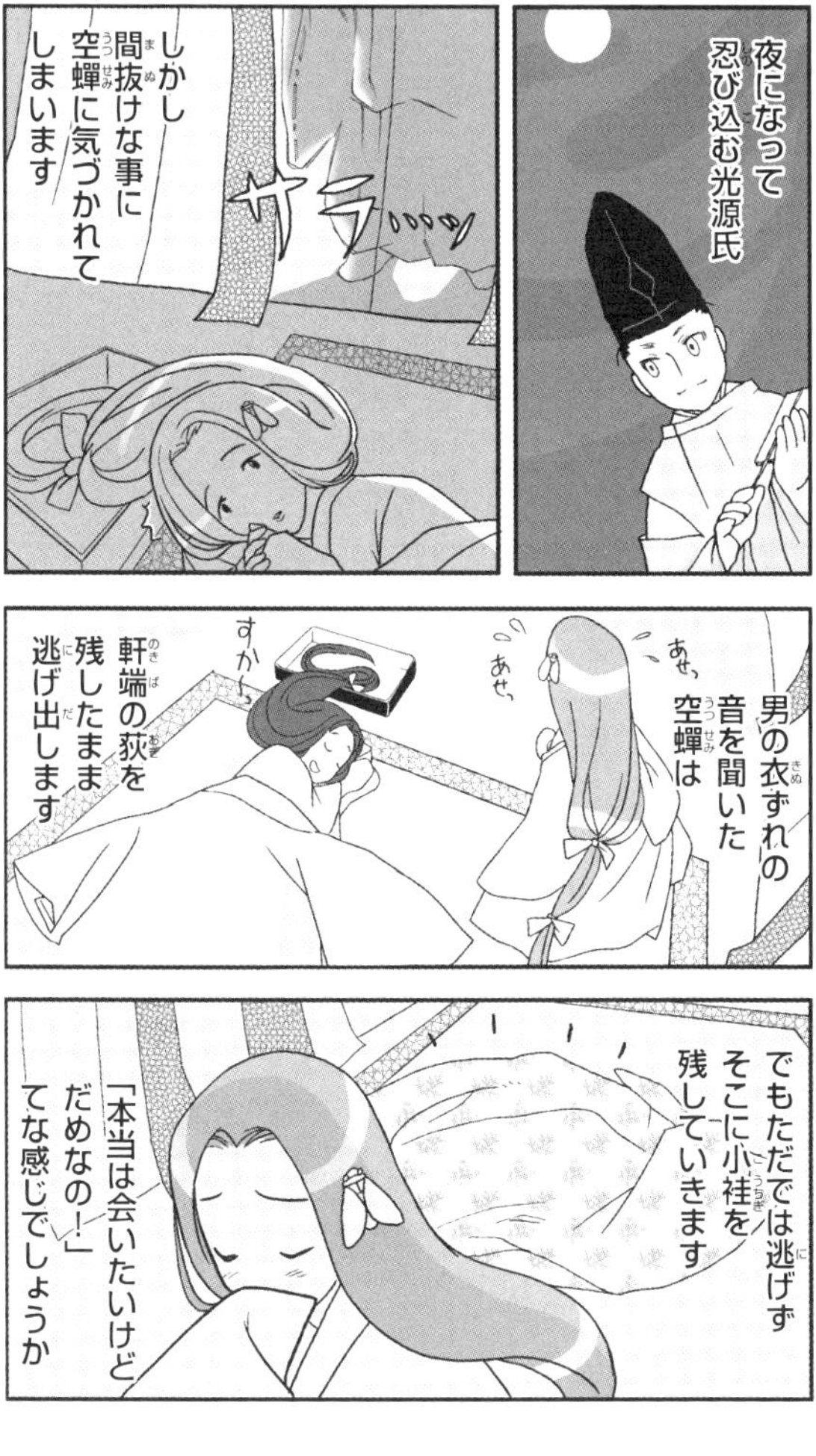
夜になって
忍《しの》び込《こ》む光源氏
しかし
間抜《まぬ》けな事に
空蝉《うつせみ》に気づかれて
しまいます
サラッ
男の衣《きぬ》ずれの
音を聞いた
空蝉《うつせみ》は
あせ
あせ
すかー
軒端《のきば》の荻《おぎ》を
残したまま
逃《に》げ出《だ》します
でもただでは逃《に》げず
そこに小袿《こうちぎ》を
残していきます
「本当は会いたいけど
だめなの!」
てな感じでしょうか

そうとも知らない光源氏は
誰《だれ》？ あっ！
軒端《のきば》の荻《おぎ》を空蝉《うつせみ》だと思って契《ちぎ》ってしまいます
（オイオイ…いくら暗いからって……）
……？ あれ？
この前と違《ちが》う？ …なんか太ってる？
ごそごそ
え……？ 源氏の君……？♡
間違《まちが》えた！

私《わたし》がこんなに思っているのになんて頑固《がんこ》で薄情《はくじょう》なんだ……
拒絶《きょぜつ》されてとても悔《くや》しかった光源氏ですが

……でも愛おしい……
それでもやっぱり空蝉《うつせみ》のことを諦《あきら》め切れません
ということでその胸の内を歌に詠《よ》んで空蝉《うつせみ》の残した小袿《こうちぎ》を虚《むな》しく持ち帰ります

しかし、拒絶した空蟬のほうがよほど虚《むな》しい思いをしていました。「老地方官の後妻なんかではなくてまだ独身だった頃に、高貴な光源氏さまに先に出会ってプロポーズされていたら……、でも光源氏さまとは住む世界が違いすぎる……、私の人生はなんて不運なんでしょう……」、ということで光源氏を諦めるしかなかったのです。

その後空蟬は、恋人・夕顔《ゆうがお》の死によってショックで寝込んでいる光源氏のもとにお見舞いの手紙をよこします。また、自分自身も夫と一緒に地方に下っていく寂しさを書いたりします。ってことで空蟬は夫とともに地方に下っていきました。

その後いろんなことがありまして、光源氏が石山詣《もう》でに出かける途中、偶然にも逢《お》坂《さか》の関*8で空蟬と再会することになります。空蟬も上京の途中でした。この時、光源氏29歳。空蟬37歳。なんと12年ぶりの再会でした。光源氏は家来でもあり、空蟬の実弟でもある小君に命じて手紙を送ります。空蟬のほうも当時のことを思い出して、胸にこみ上げるものをひそかに歌に詠みます。

その後、空蟬の夫は死んじゃいます。若い後家《ごけ》さん誕生です。といっても当時の女

30代は決して若くはありません。30代で孫がいたりする時代ですからね。それに後妻で相手はジイさんでしたから、まあそれは仕方のないところ。しかし継子の河内《かわち》の守《かみ》（かつての紀伊の守）のイヤラシ～イ言い寄りにうんざりしていた空蝉は、「やっぱり私の人生って不運だわ～」ってことで、一人寂しく出家[*9]してしまいます。

ここまでくると、何だか哀しいだけの空蝉の人生ですが、その後、光源氏の二条東院に引き取られて、ひたすら仏道に専心する静か～な生活を送ります。

空蝉が光源氏を拒んだのは、結局は終わりよければすべてよし、ってことで賢明な選択だったのでしょうね。

＊1 **左馬頭** 左馬寮《さまりょう》の長官。馬寮は宮中で官馬《かんば》の飼育・調教・馬具のことをつかさどった役所。

＊2 **藤式部丞** 式部省《しきぶしょう》の三等官。式部省は朝廷の儀式、役人の採用・任官などの人事や、大学寮の管理、学問・教育方面の担当をした。

＊3 **北の方** 正妻のこと。寝殿造りで、北の対屋に住んだことから、身分の高い人の妻を敬って、このように言う。

＊4 **紀伊の守（後の河内の守）** 紀伊の長官。光源氏の家来。空蝉の夫である伊予の介と前妻との間の子供。伊予の介の死後、義母空蝉に迫る。紀伊は現在の和歌山県のあたり。

＊5　**方違え**　陰陽道の禁忌の思想に従って天一神《なかがみ》・大将軍《だいしょうぐん》などのいる方角に当たる場合はこれを避けて、前夜吉方《きっぽう》の家に一泊して方角を変えて目的地に行くこと。光源氏はこの方違えにかこつけて忍ぶ女の元に出掛けた。

＊6　**伊予の介**　伊予の長官。空蝉の夫。前妻との間に紀伊の守、軒端の荻がいる。伊予は現在の愛媛県のあたり。

＊7　**老地方官の後妻**　この空蝉という女性は、その境遇や身分から、実は紫式部本人がモデルではないかと言われることがある。特に「年の離れた受領《ずりょう》の後妻（その後、夫と死別）」という設定は、紫式部本人の境遇に近いものがある。紫式部は、親子ほども年の差がある山城《やましろ》の守《かみ》藤原《ふじわらの》宣孝《のぶたか》と結婚し、後に死別している。

＊8　**逢坂の関**　鈴鹿《すずか》の関、不破《ふわ》の関とともに三関《さんかん》の一つ。近江《おうみ》の国の逢坂山（現在の滋賀県大津市）にある関所。東海道・東山道から都への行き来には必ず通らなければならない関所だったので、出会いと別れの場所だった。和歌ではしばしば男女の逢う瀬に掛けていわれる。男女が契りを結ぶことを「逢坂の関を越ゆ」と言う。

＊9　**出家**　俗世間を捨てて仏道修行に入ること。当時は結婚を第二の人生とするならば、出家は第三の人生とも言うべきものだった。

ダイジェスト空蝉

❶ 老齢の地方官の後妻で光源氏とは身分違い。

❷ 光源氏とたった一度だけの契りを交わす。

❸ 自らの身分を考え光源氏を拒絶。

❹ 夫の死後、この世をはかなんで出家。

❺ 光源氏によって二条東院に引き取られる。

❻ 作者紫式部がモデルと言われている。

雨夜の品定め ～光源氏17歳の夏～

頭の中将：愛し合って子供までできて別れた女がいたのだ

藤式部丞：学者の娘はムズカシイ…

左馬頭：指に食いつく女や浮気っぽい女もいたよ

光源氏：藤壺様がやっぱり一番だ♥

結論：**「中流の女がいいらしい」**

5

夕《ゆう》顔《がお》

らうたげにてあえかなる人

……かわいらしい様子できゃしゃな美しい人

夕顔

頭の中将の愛人で玉鬘をもうける。光源氏とも恋に落ちるが六条御息所の生霊にとりつかれ死亡。

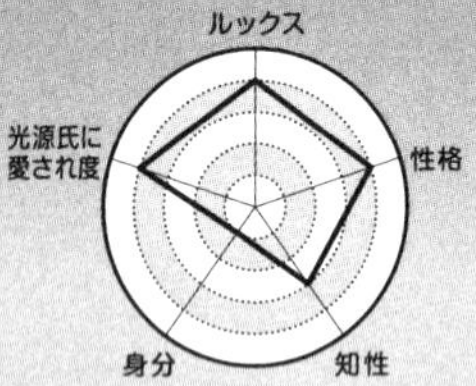

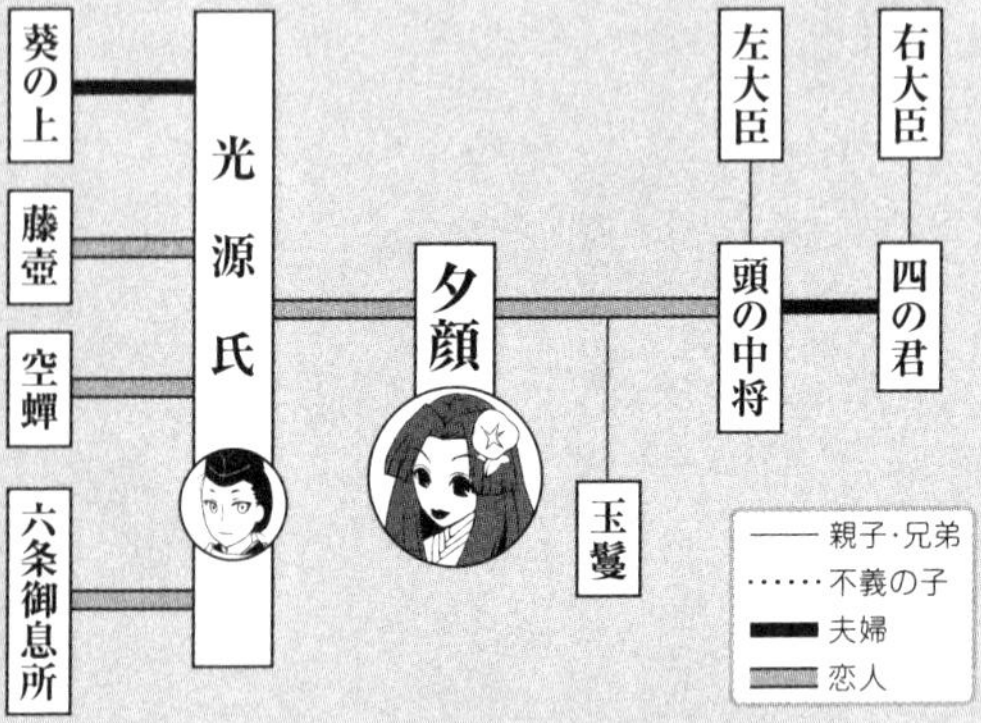

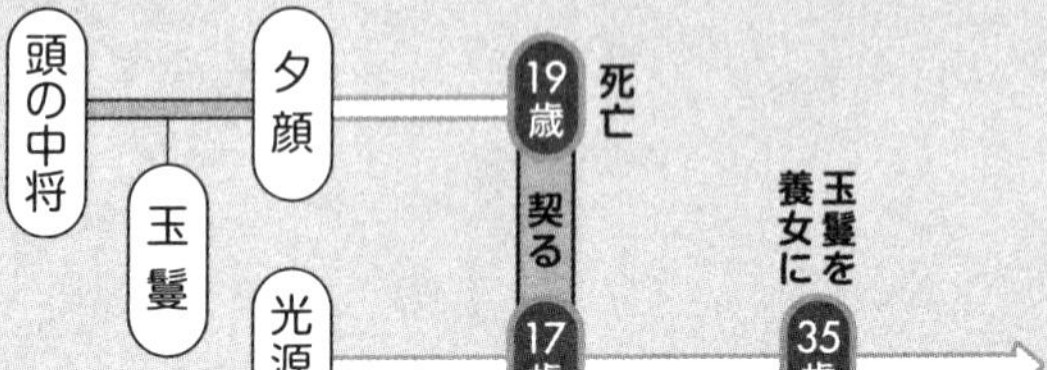

夕顔物語

夕顔《ゆうがお》が登場するのはたったの一巻。4巻目にあたる「夕顔」の巻だけです。ここには愛に生き、愛に死んだ夕顔の物語があります。

光源氏が17歳の夏、五条大路《ごじょうおおじ》の乳母《めのと》のところにお見舞いに出かけます。なんでまた光源氏ともあろうものが、そんなところへノコノコ出かけたかというと、その頃すでにあの六条御息所《ろくじょうのみやすんどころ》のもとに通っていて、ちょうど五条あたりで一休みしていたついでなんです。

さて、案内があるまでの間、光源氏が車の中でぼ〜っと待っていると、ふと隣家に咲く白い夕顔の花に目が止まります。

召使いの惟光《これみつ》にこの花を取りにいかせたところ、中から童女が現れて惟光に扇を差し出しました。惟光は扇の上に夕顔の花をのせて光源氏のもとに運びました。扇には香がくゆらせてあり、しかも端のほうに歌まで書き添えてありました。なんか風流〜。

女の方から歌を詠みかけてきたことに光源氏は興味津々。これって逆ナン？　やるね夕顔。しかも筆跡は奥ゆかしく、歌の内容も意味深長。風流好みの光源氏の心が動かないわけはないですな。

早速、惟光にこの女のことを調べさせたところ、なんと！　この女はあの頭の中《とうのちゅう》将《じょう》と関係があったらしい、というところまでわかります。

ますます興味のわいた光源氏は夕顔のもとに通いだします。ちょうど空蟬《うつせみ》との失恋で痛手を被《こうむ》り、六条御息所を持て余していた時期ですから、恋の火が点《つ》くのも早いというもの。もちろん正妻葵《あおい》の上《うえ》のところには足が遠のいたまま……。

でも、自分は今を時めく貴公子光源氏。相手はただの一般庶民。あまりに身分不相応なので、堂々と通うわけにはいきません。ということで、光源氏は身分素性《すじょう》を隠して通います。頭にかぶりものまでして顔を隠すという念の入れよう（想像すると笑っちゃいます。覆面レスラーみたい）。

お互いに身分素性を秘密にしている二人でしたが、あっという間に恋に落ちちゃいます。秘め事というのは、恋の炎に油を注ぐ効果のあるものなんですね。

この時、光源氏は17歳、夕顔は19歳。つまり夕顔が年上なんですが、年上とは思えないくらい細身でなよなよ～っとしてて、若い光源氏の男心をくすぐっちゃいます。自分に頼ってくる無垢《むく》な夕顔が、光源氏はかわいくてかわいくてたまらない。こうなると、粗末な夕顔宅もかえって風情があるように思えてくるから、あーら不思議。

この頃、光源氏は、あの高貴な六条御息所（24歳）とおつき合いしていますが、これがうまくいっていません。光源氏のほうは軽～い遊びのつもりだったのに、プライドの高い六条御息所は本気も本気。浮気なんて許しません。光源氏は「う～、オニモッ……」とちょっと退《ひ》き気味なのです。何といってもまだ17歳だからねー。

それに比べて夕顔はもぉ～っ、なんてかわいいんだ！　ってことで光源氏は夕顔の虜《とりこ》です。夕顔に逢いに行けない日は、無性に切なくて胸がキュ～ッとしめつけられます。そのくらい光源氏は夕顔を愛してしまいます。ついには来世までもの約束をするような和歌を贈ったりなんかします。

*1八月《はづき》十五日《もち》の夜、いつものように夕顔とあま～い時を過ごした光源氏は、二人きりになろう！　と夕顔を連れだします。付いて来たのは夕顔の侍女の右近《うこん》だけ。このことが後で皮肉な運命をもたらすことになろうとは……。

連れてこられた荒れ果ててこわ～い某《なにがし》の院に、夕顔はちょっとビビっちゃいます。光源氏はそんな夕顔がかわいくてかわいくて抱き締めます。二人きりってことで、もう幸せモード全開の二人。イチャイチャしまくります。ここでも光源氏の問いに対して夕顔は自分の正体を明かしません。なかなかガードの固い夕顔ちゃんです。

イチャイチャ二日目の夜
光源氏の夢枕《ゆめまくら》に
美しい女性が現れました
ZZZ
わたしをほっといて
こんな貧乏《びんぼう》くさい女を
寵愛《ちょうあい》なさるなんて
ひどいわ！
と訴《うった》えたかと思うと
夕顔《ゆうがお》につかみかかります！
あ〜れ〜

ドキーーン
悪夢に飛び起きた光源氏はすぐに夕顔《ゆうがお》の様子をうかがいますが真っ暗で何も見えません
光源氏は魔性《ましょう》のものを感じ魔除《まよ》けに太刀《たち》を抜《ぬ》きます
夕顔《ゆうがお》は正気を失っているようです

近くにいた右近はあてにならないので
おろ
おろ
ZZZ
光源氏自ら宿直人《とのいびと》を起こしにいき明かりを持ってこさせます
お〜き〜ろ

さて、やっと明かりがついたので光源氏は急いで夕顔《ゆうがお》の様子を見るとすでに死んで冷たくなっていました

何度体を揺《ゆ》すっても夕顔《ゆうかお》は息絶《いき》えたままです
夕顔《ゆうがお》ちゃーん！

夕顔は、さっき光源氏の夢枕に出てきた物の怪にとりつかれて殺されちゃったのですね。この時の物の怪は、実は六条御息所の生霊なんですが、他の女をとり殺すくらい光源氏を愛していたのですねえ。

ともかくも、夕顔は帰らぬ人となりました。光源氏は五条の夕顔宅にも知らせないまま、夕顔をひそかに葬り、そのまま病床に臥《ふ》します。20日あまり寝込んだ光源氏は一時は命も危なくなります。そのくらい夕顔の死は彼にとってつらいものでした。

その後、この事件の口止めをするために、夕顔に付き添っていた侍女右近《うこん》を自分の家来にした光源氏は、右近から夕顔の素性を知ることになります。

光源氏が思っていたように、夕顔は頭の中将[*2]の元愛人「常夏《とこなつ》の女」と同一人物でした。頭の中将とのあいだに女児（玉鬘《たまかずら》ちゃん）まで産んで、と～っても愛されていましたが、頭の中将の本妻（右大臣《うだいじん》の四《よん》の君《きみ》）に脅されて五条の家に逃げ隠れて住んでいたのです。いつもなにかに脅《おび》えていたのは、そういうことだったのですね。

光源氏としては頭の中将に文句の一つも言ってやりたいところですが、今回のことは一切秘密にされます。この事件が表沙汰になれば、大スキャンダルですからね。

夕顔の死から立ち直れない光源氏は、夕顔の忘れ形見である女の子（玉鬘）を育てた～い！　なんて思ったりします。

しかし、その肝心の玉鬘ちゃんは行方不明になってしまうのです。そもそも五条宅に秘密で夕顔を連れ出し、死んだことも伝えてないのですから。残された五条宅の人々としては、出ていったきりの夕顔と右近の消息はわからないし、帰ってこない夕顔をあてどなく待つわけもいかず、玉鬘を連れて都から離れて九州に行ってしまったのでした。

その後、玉鬘は十数年ぶりに偶然発見され、光源氏が引き取ることになります。

＊1　八月十五日の夜　いわゆる「十五夜の満月」。仲秋《ちゅうしゅう》の名月。陰暦では七、八、九月が秋なので八月は仲秋にあたる。

＊2　元愛人　夕顔は実は「遊女（＝娼婦）」であったとする説がある。夕顔から贈った和歌に対して光源氏がすぐに返歌をしていない点（当時の貴族の常識からして不自然）や、頭の中将の愛人で、女児をもうけているにもかかわらず、正妻にいじめられて身を隠している点などから、夕顔の身分はかなり低いものだったと想像される。

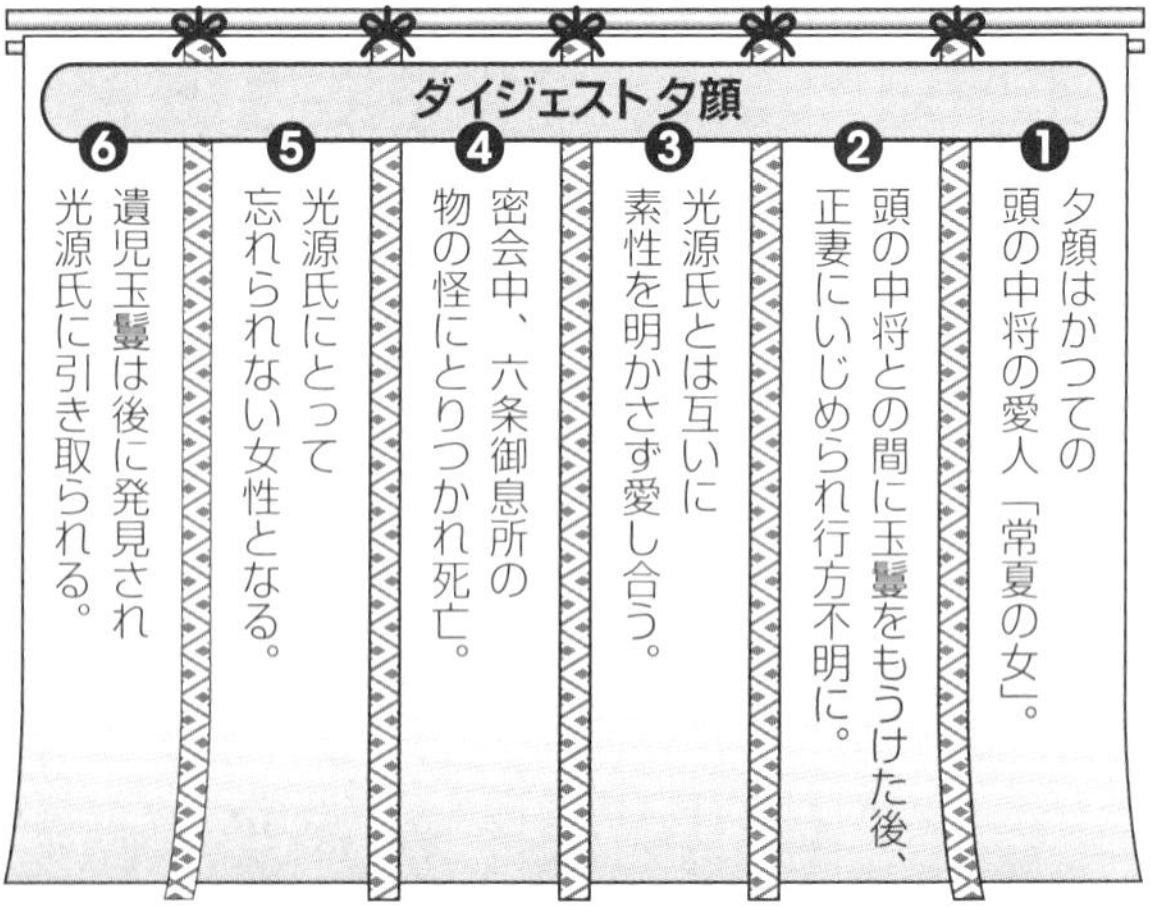
ダイジェスト夕顔
❶ 夕顔はかつての頭の中将の愛人「常夏の女」。
❷ 頭の中将との間に玉鬘をもうけた後、正妻にいじめられ行方不明に。
❸ 光源氏とは互いに素性を明かさず愛し合う。
❹ 密会中、六条御息所の物の怪にとりつかれ死亡。
❺ 光源氏にとって忘れられない女性となる。
❻ 遺児玉鬘は後に発見され光源氏に引き取られる。

夕顔をめぐるトライアングル+α《アルファ》

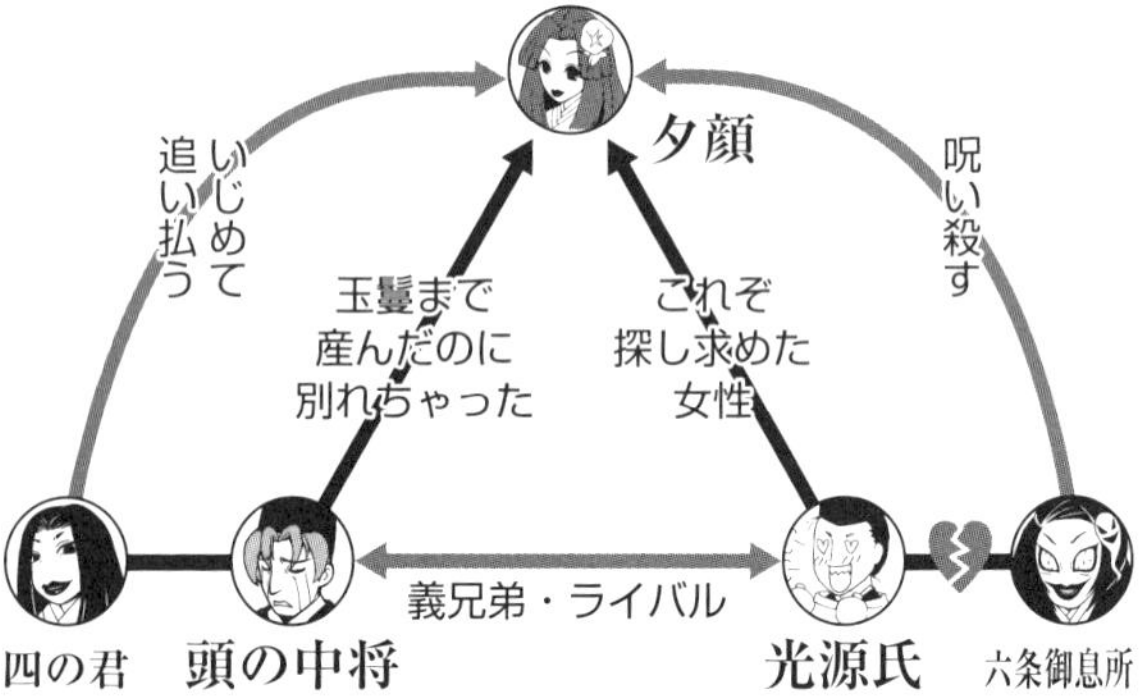
夕顔
いじめて追い払う
呪い殺す
玉鬘まで産んだのに別れちゃった
これぞ探し求めた女性
義兄弟・ライバル
四の君
頭の中将
光源氏
六条御息所

6

六《ろく》条《じょうの》御《み》息《やすん》所《どころ》

みやびやかなれど愛執深き人

……上品で優雅であるが、愛欲が深い人

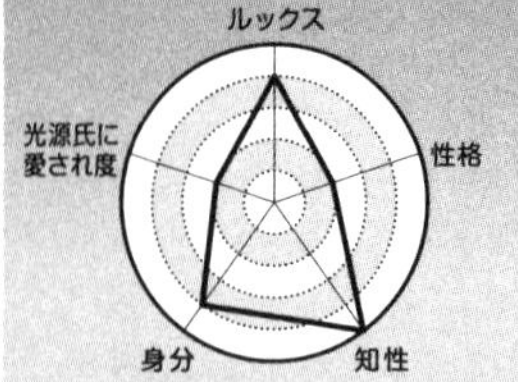

六条御息所

前東宮妃で秋好中宮の母。生霊となり夕顔と葵の上を死なせ、娘と伊勢に下向。後に娘を光源氏に託して死亡。

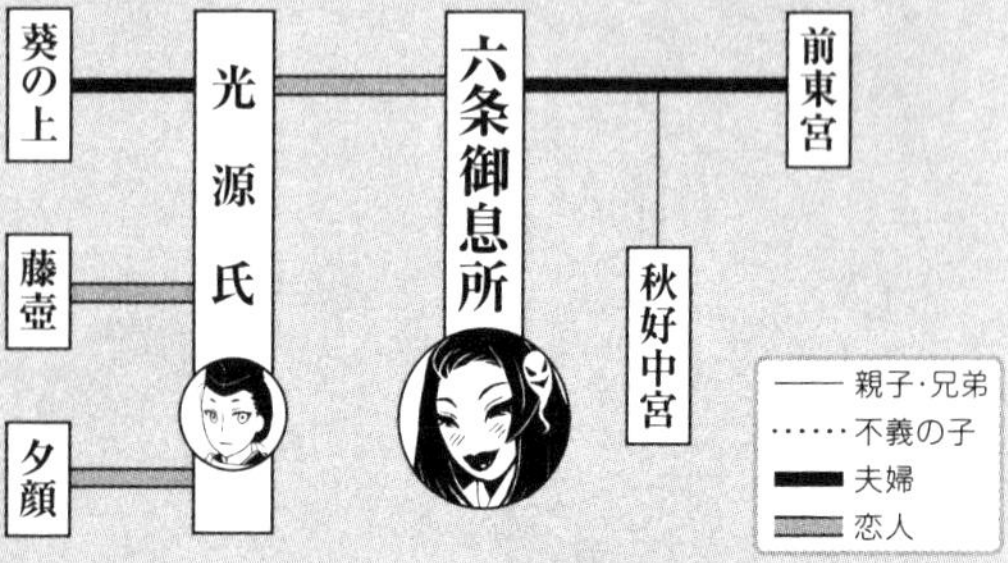

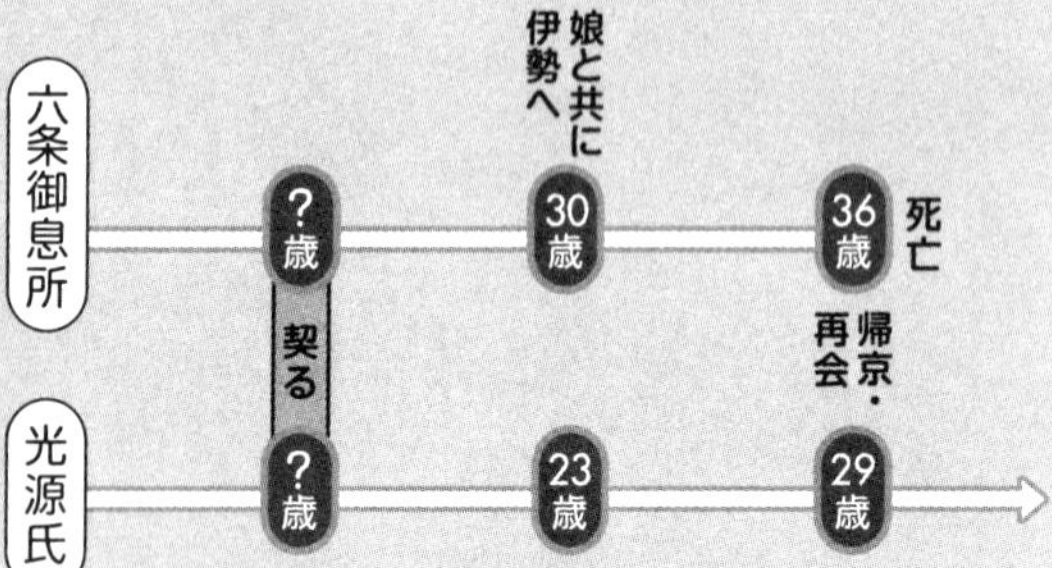

六条御息所物語

六条御息所《ろくじょうのみやすんどころ》と光源氏の出会いは、正確には書かれていないのですが、だいたい光源氏17歳、六条御息所24歳の夏ということになっています。

大臣の娘として生まれた六条御息所は、16歳の時に東宮《とうぐう》妃[*1]として宮廷に入ります。才色兼備の六条御息所は、まさにファーストレディーへの道を歩むのです。しかし姫君を産んだ後、夫である東宮と死別し、わずか20歳で未亡人になってしまいました。ということで六条邸[*2]に出戻りです。

20歳で未亡人になってしまった六条御息所なんですが、美貌と教養を兼ね備え、元東宮妃という地位にふさわしく、上流階級の女性としてのプライドの中に生きていました。

そんな彼女を恋する季節の光源氏が見逃すはずもなく、猛烈にアタックして恋人にしちゃいます。

しかし、若い光源氏にとっては、しょせん火遊びに過ぎない恋。多くの愛人のうちの一人くらいにしか考えていません。一方、一度結婚も経験している六条御息所のほうは、次第に激しくこの年下の恋人を愛してしまいます。そして、その愛は独占欲へと変わっていくのでした。

嫉妬深い六条御息所の愛の激しさは、若い光源氏にとってはだんだん重荷になってきます。正妻葵《あおい》の上《うえ》同様、プライドが高いのも鼻につきます。あれほど自分から恋した光源氏の気持ちも一気に冷めてしまいます。まだまだ若い恋の季節にいる光源氏に過ぎません。

そもそも六条御息所という人は、ちょっと考え過ぎるお方でした。元東宮妃で子供もいる自分に、7歳も年下の愛人光源氏。そのことで、世間体を気にして恥じたりします。一方、だんだん少なくなりつつある光源氏の訪問を恨んで、一人寝床で寂しく物思いに沈んだりもします。

そんな中、光源氏のほうはかわいい夕顔《ゆうがお》ちゃんに出会い、そちらに夢中になってしまいます。可憐で素直な夕顔といると、葵の上や六条御息所と一緒にいるよりも楽ちんで、一度きりの契りで退けられた空蟬《うつせみ》との痛手も癒される光源氏でした。

しかし、プライドの高い六条御息所には、光源氏が身分の低い夕顔と浮気することが許せませんでした。

うらめしや～～、光源氏の君～～。そして愛人夕顔～～！

ということで、その嫉妬心が身体から抜け出し、その生霊が夕顔をとり殺してしまいます。うーん、悪いのは光源氏のような気もするのですが……。しかし生霊を目の当たりにした光源氏は、ますます六条御息所に嫌気がさし、訪問を避けるようになります。

この後、光源氏は紫《むらさき》の上《うえ》の養育に熱心になったり、末摘花《すえつむはな》と出会ったり、藤壺《ふじつぼ》を襲って子供をつくったり、朧月夜《おぼろづきよ》と密会してみたり……と、いろいろやらかして忙しい日々です。

そうこうしているうちに、光源氏の父ちゃんである桐壺帝《きりつぼてい》が引退します。御代《みよ》代わりってやつで、兄ちゃんの朱雀帝《すざくてい》が25歳で即位します。光源氏も22歳で右大将《うだいしょう》*3となります。帝の交代によって、いろんなところの役も交代します。伊勢神宮《いせじんぐう》*4の斎宮《さいぐう》には六条御息所の娘（13歳。のちの梅壺《うめつぼ》の女御→秋好中宮《あきこのむちゅうぐう》）、賀茂《かも》神社の斎宮には弘徽殿《こきでん》の大后《おおきさき》（弘徽殿の女御が昇進しました）の娘が任命されました。

光源氏が好き勝手やっている間も、六条御息所は相変わらず光源氏への愛を断ち切ることができずに苦しんでいました。疎遠になった光源氏に対して耐えに耐えているうちに、もうじき30歳です。なので、斎宮に任命された娘にくっついて伊勢に行っちゃおうかな～なんて思います。

この時、光源氏22歳。六条御息所29歳。そして事件は起こります。

京の一大イベント、賀茂祭《かもまつり》（別名「葵祭《あおいまつり》」）の前に行われる御禊《ごけい》*5の儀《ぎ》に、光源氏が参加することになりました。今を時めく若き貴公子が、京の都を行列で歩く晴れ姿を一目見ようと、通りは見物の車でごったがえします。そんな中、懐妊中の葵の上（26歳）も、気晴らしを兼ねて夫光源氏の晴れ姿を見物に出かけます。

六条御息所も光源氏の美しい姿を一目見ようと、お忍びで出かけます。訪問がないことを恨みつつも、やはり光源氏のことを愛しているのですね。そして一条大路《いちじょうおおじ》で光源氏の行列を待っていました。ケナゲ……。

そこへ遅くやって来たのが葵の上の車です。しかし、そこは今日の主役である光源氏の正妻ってことで、従者たちも強気です。「オラオラどけどけ」ってなもんです。が、そこに一台だけ、頑固にどかない車があったのです。それがよりによって六条御息所の車だったわけですね、もちろん。

そこで車を動かしている従者同士が大乱闘。そして六条御息所のほうの車がメチャクチャに壊されてしまい、通りの後ろのほうに押し込められます。暴力的に体面をけがされて、六条御息所のプライドは傷つきます。

しかも行列の光源氏は自分には気がつかず、にっくき葵の上とは目を合わせて通り過ぎていくのでした。六条御息所、ダブルパ〜ンチ。いったい私が何をしたって言うの〜⁉

六条御息所のプライドはズタズタです。

光源氏はこの事件のことを後から知りました。疎遠になっていた間柄とは言え、さすがに六条御息所がかわいそうだと思った光源氏は、お見舞いに六条邸を訪れます。しかし身も心もズタズタに傷ついてしまった六条御息所は、もう光源氏に会おうとはしませんでした。

さらに事件が起こります。というのは、あのにっくき葵の上が妊娠していることを六条御息所が知ってしまうのです。

おのれ〜。私の愛する光源氏の子供を産むなんて〜。「車争い」の恨みも忘れてないわよ〜〜。と思っているうちに失神してしまいます。そして、生霊が体から抜け出して……これはいつかと同じ……。

今回の六条御息所の生霊は葵の上に乗り移り、光源氏を愛するあまりの苦しみと嫉妬を訴えます。その声を聞いた光源氏は、葵の上を苦しめていた物の怪が六条御息所の生霊であることを知り、ショックを受けて深く哀しみます。

生霊に乗り移られたものの、葵の上はなんとか無事に男児（夕霧《ゆうぎり》）を産みます。

しかし、それもつかの間。六条御息所の呪いでしょうか、葵の上は胸の苦しみを訴えて、突然死んでしまいます。

光源氏も左大臣《さだいじん》家も夕霧誕生で喜んでいた直後のことで、あまりの落差に大ショックです。葵の上の兄である頭《とう》の中将《ちゅうじょう》が光源氏をなぐさめたりしてくれますが、光源氏は哀しみの中、葵の上のためにお経を唱える日々を送り、出家することすら考えます。

一方、六条御息所のほうも、自分の衣服に祈禱で使う芥子《けし》の匂いが染み着いていたことに気がつきます。まさか自分の生霊が人を呪っているなんて……信じられないことですが、本当のことです。それを恥じて、鬱々《うつうつ》とした日を送っていたときに葵の上の訃報《ふほう》……。

ああ、恐ろしきは女の怨念。

またしても六条御息所《ろくじょうのみやすんどころ》の生霊《いきりょう》が人を殺してしまったのです
さらに光源氏からも生霊《いきりょう》のことをほのめかされ
もはや光源氏との愛の破綻《はたん》も決定的になったことを思い知ります…
しく しく
わざとじゃないのよ～
しく しく
決別を決意した六条御息所《ろくじょうのみやすんどころ》はついに娘《むすめ》の斎宮《さいぐう》に付いて伊勢《いせ》に下向することを決意
私も連れて行っておくれ
嵯峨野《さがの》の野の宮にこもって世俗《せぞく》の穢《けが》れを清める日々を送ります

時は九月の晩秋
さすがに去っていく愛人を
哀れに思った光源氏は
嵯峨野《さがの》を訪れます
あたりに哀愁《あいしゅう》漂う中
六条御息所《ろくじょうのみやすんどころ》と
光源氏は
ともに過ぎ去りし
青春の思い出を夜通し
語り明かします
こうして六条は
娘《むすめ》の斎宮《さいぐう》とともに
伊勢《いせ》に下っていきました
この時光源氏23歳《さい》
六条御息所《ろくじょうのみやすんどころ》30歳《さい》の秋でした

六年後、天皇の代替わりにより斎宮の任期を終えた娘とともに、六条御息所は元の六条邸《ろくじょうてい》に帰京します。六条御息所はすでに36歳、娘の前斎宮は20歳です。

帰京後まもなく六条御息所は重病にかかり、将来を不安に思って出家してしまいます。それに驚いた光源氏は六条邸に駆けつけます。別れた愛人でも、出家したとなるともったいないと思うセコい光源氏です。

それでも六条御息所は光源氏の思いやりに感謝し、たった一つの心残りである娘（前斎宮）の後見を依頼します。死に臨んだ六条御息所は遺言として、娘には決して手を出さないようにと光源氏にお願いして、わずか36年の生涯を閉じました。

遺言を残したのは、自分と同じ苦労を娘にはさせたくないという母心ですねえ。というか、光源氏の下心を鋭く見抜いたと言うべきでしょうか。

その後、光源氏は前斎宮（21歳）を養女として迎えます。そして藤壺《ふじつぼ》の宮と相談の上、朱雀院（33歳）ではなく冷泉帝《れいぜいてい》（12歳）の妃として入内させ、六条御息所への償いを果たします。

しかし、母に似た美しさを持つ若い前斎宮にしばしば心を奪われそうになり、そのたびに六条御息所の遺言を思い出しては、ぐっと堪えるのでした。スケベジジー。

こうして前斎宮（22歳）は光源氏の絶大なる後見により、冷泉帝（13歳）へ入内して*6梅壺《うめつぼ》の女御となり、その後、*7秋好中宮《あきこのむちゅうぐう》へと進み、栄華を極めます。

しかし六条御息所は愛執のために成仏できず、その後も紫《むらさき》の上《うえ》の病気の時や、女三《おんなさん》の宮《みや》の出産の時に物の怪として現れたりします。死んでもまだ残る女の怨念……げに恐ろしや恐ろしや。

＊1 東宮　皇太子の敬称。「春宮」とも。

＊2 六条邸　六条御息所が住んでいた場所は、実在した人物・源融《みなもとのとおる》が作った河原院《かわらのいん》のあったところ。彼が死んだ後、亡霊として現れたという伝説があり、亡霊スポットとして有名だった。

＊3 右大将　右近衛府《うこのえふ》の長官。宮中の警備、行幸《みゆき》の警護にあたる。

＊4 斎宮　占いで斎宮に決まると、宮中内に設けられた初斎院《しょさいいん》で約一年、つづいて嵯峨野《さがの》の野の宮

で約一年、精進潔斎し、斎宮に決まってから三年目の九月に天皇に「別れの櫛」をさしてもらい、旅立つ。

＊5 御禊の儀 斎宮や斎院が賀茂川で行う禊《みそぎ》をいう場合が多い。特に葵祭（賀茂祭）に先立って賀茂川で行う斎院の禊をいう場合が多い。

＊6 梅壺 内裏の北半分にある妃たちの住まいの一つの凝華舎《ぎょうかしゃ》の別名が梅壺。

＊7 秋好中宮 内大臣の娘弘徽殿の女御との中宮争いで見事勝った。母六条御息所が亡くなった季節の「秋」を好むところから秋好中宮と呼ばれた。

ダイジェスト六条御息所

1. 16歳で東宮妃となるが東宮が若死にし20歳で未亡人に。
2. 知性と教養が抜群で六条邸はサロン的存在になる。
3. 年下の光源氏を愛してしまいプライドの裏返しで愛執の鬼と化す。
4. 生霊・死霊となり光源氏の愛する女性を次々と襲う。
5. 娘が斎宮になると一緒に伊勢に下向。
6. 娘（秋好中宮）を光源氏に託して36歳で死亡。

六条御息所の生霊・死霊の被害者

夕顔	葵の上	紫の上	女三の宮

光源氏と密会中、生霊にとりつかれ死亡。	生霊に乗り移られ、夕霧出産後、死亡。	死霊にとりつかれ、一時危篤。	死霊にとりつかれて出家。

7

紫《むらさき》の上《うえ》

またなくきよげにてめづらしき人

……この上なく美しくて素晴らしい人

紫の上

『源氏物語』のヒロイン。葵の上の死亡後、14歳で光源氏の正妻格に。晩年、出家を望むが、かなわず死亡。

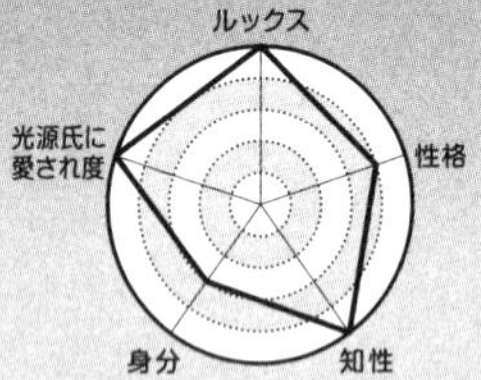

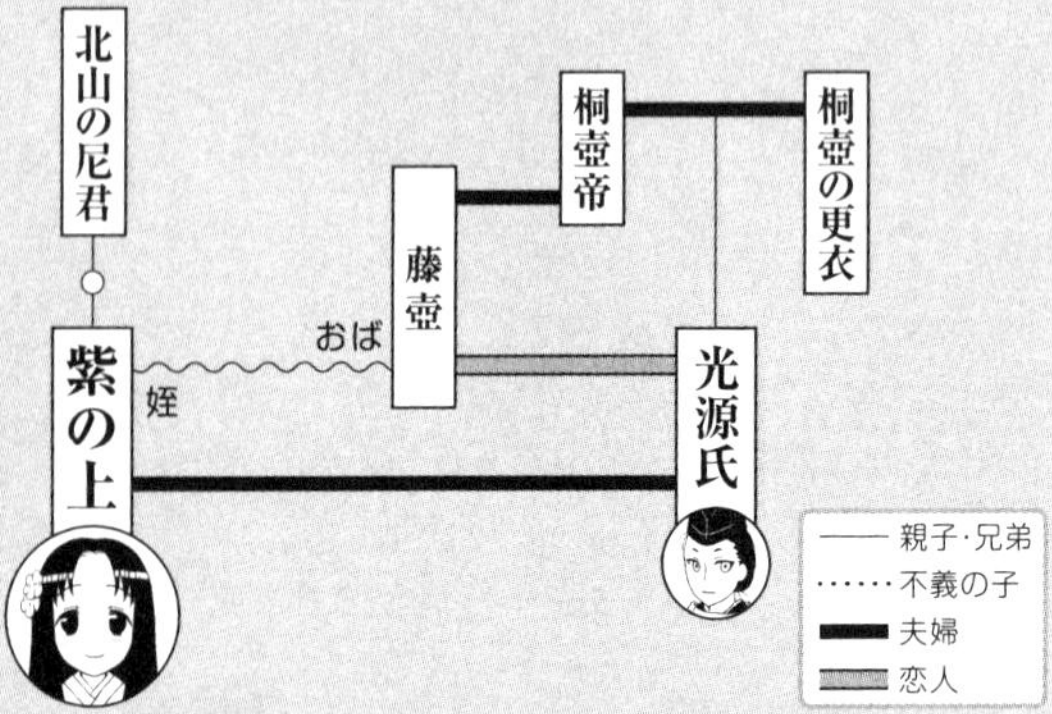

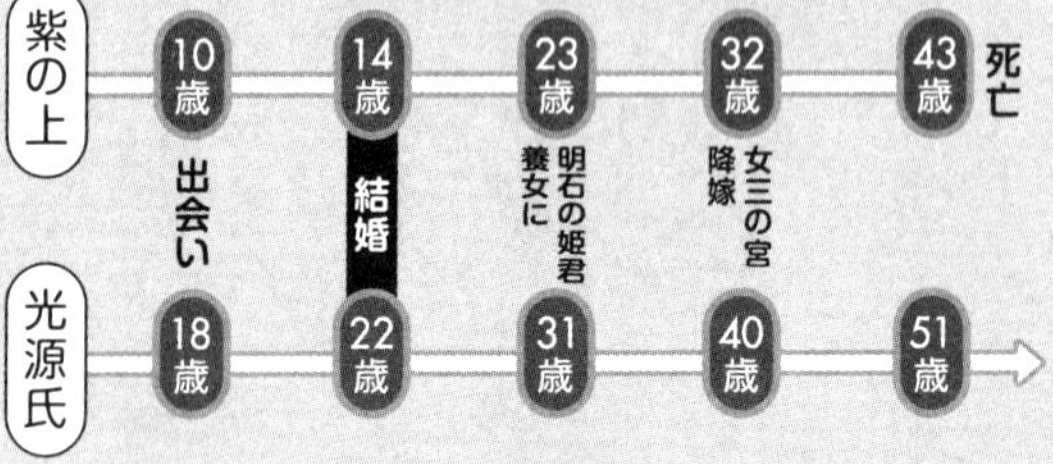

紫の上物語

『源氏物語』の最大のヒロインといえば、紫の上《むらさきのうえ》でしょう。光源氏に最も愛されたと言える女性です。ただし、光源氏に最も愛された女性、とはいっても身分上「正妻」にはなりえず、「正妻格」のままで一生を終えます。その途中では光源氏のたび重なる浮気と女三《おんなさん》の宮《みや》の正妻降嫁など、さまざまな心を痛める事件に遭うのです。はっきり言って「不幸」というべきかも……。

紫の上の物語は「若紫《わかむらさき》」の巻から始まります。光源氏18歳の春、病気の祈禱のために北山の僧のところに出かけていきます。光源氏が山辺を散歩していると家があったので、垣根から中をうかがってみました。このへんは相変わらずの好色ぶり……。

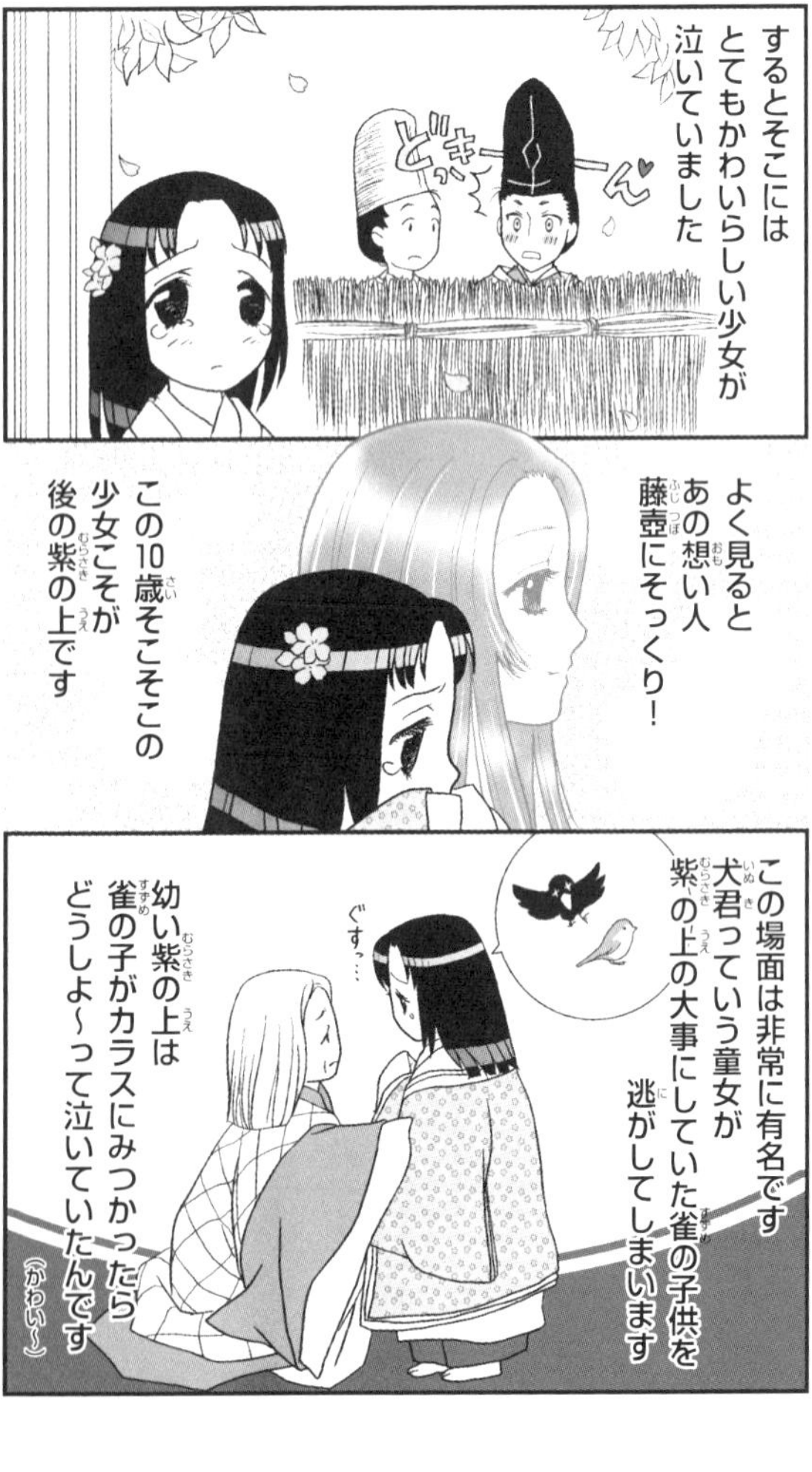
するとそこには
とてもかわいらしい少女が
泣いていました
どっきーーん♡
よく見ると
あの想《おも》い人
藤壺《ふじつぼ》にそっくり！
この10歳《さい》そこそこの
少女こそが
後の紫《むらさき》の上《うえ》です
この場面は非常に有名です
犬君《いぬき》っていう童女が
紫《むらさき》の上《うえ》の大事にしていた雀《すずめ》の子供を
逃《に》がしてしまいます
ぐすっ…
幼い紫《むらさき》の上《うえ》は
雀《すずめ》の子がカラスにみつかったら
どうしよ～って泣いていたんです
（かわいい～）

その後光源氏は僧都《そうず》から
この少女がなんと藤壺《ふじつぼ》の兄である
式部卿《しきぶきょう》の宮の娘であると聞きます
藤壺《ふじつぼ》の中宮《ちゅうぐう》
兄妹
式部卿《しきぶきょう》の宮《みや》
親子
紫《むらさき》の上《うえ》
実は……
おおっ!!
母親が亡くなり
父親に引き取られずに祖母（僧都《そうず》の妹）
の元で育てられていたのです
つまり紫《むらさき》の上《うえ》は
あの光源氏の想《おも》い人
藤壺《ふじつぼ》の
姪《めい》
にあたるわけです
どーりで
好みのはず
ぐっ

藤壺《ふじつぼ》にゆかりの人……。光源氏の心はもうドキドキです。早速、光源氏は紫の上を育てている尼君に少女の後見を申し出ます。たった10歳の子に光源氏が結婚を前提として世話をしたいなんて、おかしいな、と思った尼君はこの場では断ります。ところが、秋になって尼君は病気になってしまいます。尼君は見舞いに来た光源氏に、少女のことをお願いして亡くなってしまいました。なんて好都合な……。

光源氏は、紫の上の父親が仕方なく彼女を引き取ろうとしていることを知り、それならとその日の朝、強引に彼女を二条院（自宅）に連れてきてしまいます。

突然、二条院に引き取られた紫の上でしたが、光源氏の理想の妻となるべく教養を身につけて美しく成長していきます。そして光源氏を父や兄のように慕い、光源氏が他の女性のところに出かけていこうとすると、泣いて抱きついて離さないこともありました。光源氏は泣いたまま腕の中で眠ってしまった紫の上を愛らしく感じ、そのまま女性のもとには行かずに過ごすこともありました。うーむ、ロリコン。

その後、光源氏にはいろんなことがありました。特に葵《あおい》の上《うえ》の出産・急死などの事件の間は、しばらく紫の上がいる二条院に帰れませんでした。

気がつくと、光源氏と紫の上とは出会ってから4年以上の月日がたっていたのでした。二条院に帰り、久しぶりに会った紫の上は、すっかり大人の女性として美しく成長していました。葵の上を亡くし、出家したいと言って落ち込んでいたはずなのに、光源氏は紫の上にトキメキます。

そして、ついに正妻葵の上のいなくなった光源氏（22歳）は、紫の上（14歳）と新《にい》枕《まくら》を交わします。この時、紫の上のほうはかなりショックを受けます。父として兄として慕ってきた光源氏との新枕は、あくまで光源氏のペースで行われました。しばらく紫の上は、光源氏と冗談も交わさないのでした。ちょっとは反省しろ光源氏！

そんなことまでしたくせに、その後、光源氏（24歳）は朱雀帝《すざくてい》に入内した右大臣《うだいじん》の六女、朧月夜《おぼろづきよ》との恋愛にのめりこみます。朧月夜は尚侍《ないしのかみ》*1として朱雀帝から寵愛されている女性でした。そこで右大臣側としては朧月夜に皇子を産んでもらって、次なる中《ちゅう》*2

宮《ぐう》を目指してほしいところです。

そんな政敵・右大臣の娘との恋愛ですから、光源氏と朧月夜のデートは超極秘です。光源氏にとっては本当にあぶない橋を渡ることになります。しかし、とうとう右大臣側にバレてしまい、光源氏は須磨に退居することになりました。天罰ですね〜。

反省のために須磨へ退居するからには、愛する紫の上を連れていくわけにはいかず、二人は離ればなれになってしまいます。紫の上は光源氏のいない間、しっかりと留守を守りぬきました。

それなのに、須磨から明石に移った光源氏から来た便りには、その地で出会った明《あか》石《し》の君《きみ》との恋愛のことが書かれています。これには、さすがの紫の上もすこし皮肉を言ってしまいます。

光源氏が都に戻ってきた後、明石の君に女の子（後の明石《あかし》の中宮《ちゅうぐう》）まで産まれて嫉妬の炎に苦しむ紫の上でしたが、その明石の姫君を預かり、養母として育てることになります。子供好きな紫の上は、そこで母性本能を全開させて少し気分を紛《まぎ》らわします。

その後、紫の上は、光源氏が朝顔《あさがお》の斎院《さいいん》[*3]（光源氏の従姉妹《いとこ》）のところに通っていることを知ります。さらに世間が光源氏の正妻としては朝顔の斎院のほうがふさわしいと噂しているのを聞いて、ひどくショックを受けます。身分は朝顔の斎院のほうが数段上なので、紫の上は正妻の座が危うくなってしまうことに不安を募らせます。しかし、賢い紫の上は嫉妬するような素振りを光源氏に見せることはなく、じっと耐えていました。

そして光源氏35歳の秋、栄華の象徴とも言える六条院が完成しました。四季の町からなるこの建物は、めちゃめちゃデカイものです。

紫の上（27歳）は光源氏とともに東南の春の町に移り住みました。夏の町は花散里《はなちるさと》（?・歳）と夕霧《ゆうぎり》（14歳）、秋の町には秋好中宮《あきこのむちゅうぐう》（26歳）、冬の町には明石の君（26歳）が入りました。

六条院に移り住んで初の正月になり、光源氏（36歳）は六条院に住む女性たちを順番に回って挨拶をしました。娘と離ればなれになって寂しい思いをしていた明石の君をかわいそうに思っていた光源氏は、新年最初の日を明石の君と一緒に過ごしました。それを見送る紫の上は虚しく、さすがに嫉妬の炎も燃えます。

やがて、成長した明石の姫君が入内することになりました。その当日、最初は養母紫の上が付き添いましたが、紫の上の気遣いで、途中から実母明石の君に交替することにしました。初めて対面した二人は、火花を散らすどころか互いの素晴らしさを認め、仲良くなります。さすがにできた二人ですね。

いろいろと光源氏の女性関係に悩まされた紫の上でしたが、明石の姫君が入内し、その母明石の君にも対面してようやく落ち着いてきたと思ったら……。とんでもない話が舞い込んできたのです。

なんと光源氏の兄朱雀院《すざくいん》の娘、女三の宮《おんなさんのみや》（14歳）が光源氏（40歳）の正妻として降嫁することになったのです。噂では聞いていたものの、まさかそんなことを光源氏が承知するはずはないと信じていた紫の上は、今まで培《つちか》ってきた夫婦の絆が音をたてて崩れていくような気分です。紫の上、最大のピンチです。

当初、光源氏は女三の宮が紫のゆかりの人ということで期待していました。しかし14歳の女三の宮はあまりにも幼稚でした。紫の上のしっかりした少女時代を知っていた光源氏は、紫の上への愛を再認識し、これまで以上の愛を注ぐようになります。が、紫の上のほうは違いました。

紫の上としては、もうこれからの人生を光源氏に振り回されるのはこりごりでした。そこで、出家をして残りの人生を仏にささげたいと光源氏に何度もお願いします。しかし光源氏は、生きたまま別れるのだけはいやだ〜！　ってことで当然承知しません。

さて、紫の上が39歳の時に、六条院で女性だけのコンサートが開かれました。明石の君（38歳）、明石の中宮（18歳）、女三の宮（21歳）、秋好中宮（38歳）がそれぞれに琴《こと》や琵琶《びわ》や箏《そう》で見事な演奏を披露しました。光源氏とその息子夕霧も、拍子を取り、歌なども歌ったりしました。華やかな宴です。

しかしその次の日、紫の上が倒れて重態になります。原因不明のまま二カ月たっても回復しない紫の上は、六条院から二条院へと移されます。さすがの光源氏もつきっきりで看病していました。そこへ出てきたのが、物の怪六条《ろくじょうの》御息所《みやすんどころ》です。しつこいね〜。

光源氏様。このあいだの演奏会の時、私の悪口を言ったでしょう。うらめしや〜。死んで18年たっても粗末に扱ったら恨みますからね〜〜〜。

なんとまあ、執念深い六条御息所でしょう。

この時一度は危篤にまで陥った紫の上でしたが、なんとか一命はとりとめ、回復に向かいました。

しかし、それ以来病気がちになった紫の上は、在家のまま受戒《じゅかい》*5し、静かな晩年を迎えます。紫の上が43歳の春、法華経千部供養を盛大に行った際に、明石の君や花散里にさりげなく死出の旅路に出る別れを告げるのでした。

夏になって
容態の良くならない紫《むらさき》の上《うえ》に
明石《あかし》の中宮《ちゅうぐう》(22歳《さい》)が
見舞《みま》いに来《き》ます
そして自分が高貴な身分に
栄進できたのも
養母である紫《むらさき》の上《うえ》のおかげだと
感謝します
子供のいない紫《むらさき》の上《うえ》は
ただ残していく
光源氏のことだけを
気にかけていました
また、明石《あかし》の中宮《ちゅうぐう》の息子《むすこ》
匂《におう》の宮《みや》(5歳《さい》)には
遺言として自分が死んだら
二条院に住むようにと
言い残すのでした

秋になって
容態の急変した紫《むらさき》の上《うえ》は
明石《あかし》の中宮《ちゅうぐう》に手を取られ
愛する光源氏に見守られる中
わずか43年の生涯《しょうがい》を閉じます
その死に顔を見た夕霧は
生きているときと
変わらぬ美しさに感動します
ああ、やはり
美しい……
紫《むらさき》の上《うえ》を失った光源氏は
生きる気力もなく
仏道修行に励《はげ》みます
そして自らの女性関係で
紫《むらさき》の上《うえ》を苦しめたことを反省し
出家の覚悟《かくご》を固めます

そして
一年後の冬
身辺整理で
紫《むらさき》の上《うえ》からの手紙を
見つけた光源氏は
それを読み
涙《なみだ》にくれます
その紫《むらさき》の上《うえ》からの手紙を
すべて焼くことで
紫《むらさき》の上《うえ》との思い出を
永遠のものにするのでした……

＊1 **尚侍** 帝のそば近くにお仕えし、帝への取次にあたる。本来は従五位相当の女官であるが、帝から寵愛を受けることもあり、女御・更衣に準ずる従三位相当となった。

＊2 **中宮** 一条帝《いちじょうてい》の時、藤原定子《ていし》を皇后、藤原彰子《しょうし》を中宮として並立するようになって以降、中宮と皇后とは同格の別称となった。

＊3 **朝顔の斎院** 桃園式部卿《ももぞのしきぶきょう》の宮《みや》の娘で、光源氏の従姉妹にあたる。光源氏からの何度もの求婚を拒絶し、思慮深く自分の意志を貫き通した。

＊4 **紫のゆかり** 桐壺の更衣、藤壺、紫の上、女三の宮。

＊5 **受戒** 仏門に入る者が仏の定めた戒律を受けること。

ダイジェスト紫の上

❶ 光源氏の永遠の想い人藤壺の姪。

❷ 10歳で光源氏に見出され光源氏に理想の妻として養育される。

❸ 14歳で光源氏と結ばれ以後、正妻格に。

❹ 明石の姫君の養母となり見事中宮にさせる。

❺ 女三の宮が正妻として降嫁し光源氏に失望し苦悩する。

❻ 晩年、出家願望が強くなるが光源氏に許されず。

光源氏の想い人

紫のゆかりの人

＜亡母＞ ＜義母＞ ＜妻＞ ＜妻＞

桐壺の更衣	藤壺	紫の上	女三の宮
（桐の花は紫色）	（藤の花は紫色）	（紫は紫草）	

桐壺の更衣・藤壺：そっくり

藤壺・紫の上：おば・姪の関係

紫の上・女三の宮：いとこ

藤壺・女三の宮：おば・姪の関係

8

末《すえ》摘《つむ》花《はな》

ひなびて古めかしくのどけき人
……田舎びて古風でありのんびりしている人

末摘花

没落貴族の娘。容貌は醜く古風だが、ひたすら光源氏を待ち続けた結果、二条東院に引き取られた。

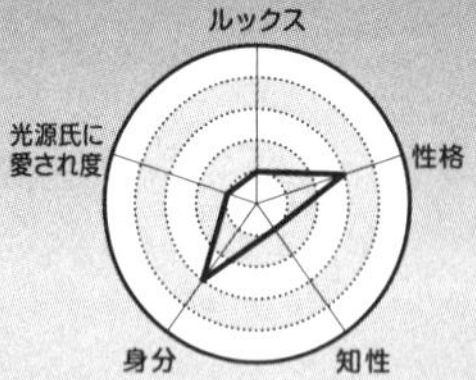

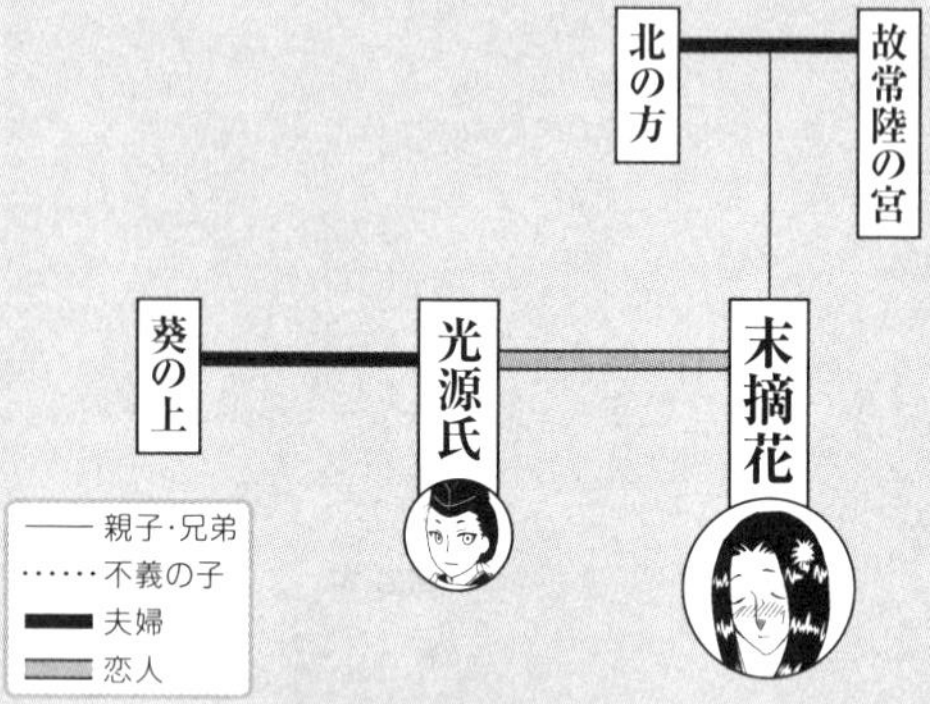

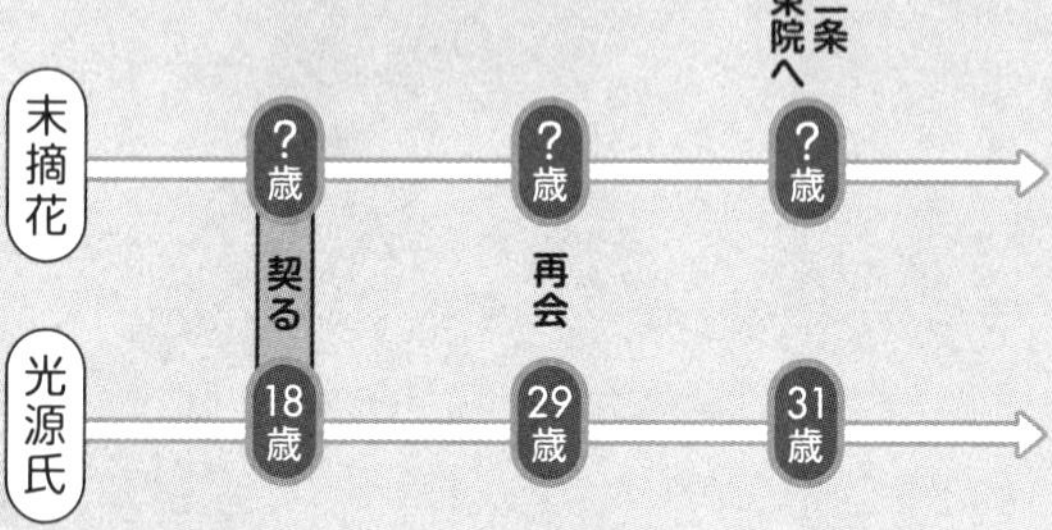

末摘花物語

末摘花《すえつむはな》と光源氏の物語は、とてもユニークな恋愛物語です。全体的に重苦しい『源氏物語』の中にあって、末摘花の話はちょっとホッとするものです。なんと言っても『源氏物語』の中でも異彩を放つ「ブスな女性の代表」なのですから。主な登場は6巻目の「末摘花」、15巻目「蓬生《よもぎう》」です。

愛する夕顔《ゆうがお》をとてもショックな事件で亡くした後、光源氏は、夕顔のように愛せる女性を求めていました。光源氏18歳の春です。

そんな時、仲よしの大輔《たゆう》命婦《のみょうぶ》という侍女（光源氏の乳母の娘）から耳寄りな情報を得ます。それは故常陸《こひたち》の宮《みや》の忘れ形見の姫君が、一人寂しく暮らしているというものです。そして光源氏が最も心躍らされたのが、世にも素晴らしい容姿の姫君である、という噂なのです。そうです、その姫君こそ末摘花なのです。

末摘花は皇族出身にも関わらず、早くに両親を亡くしたために落ちぶれてしまったかわいそうな姫君なのでした。

十六夜《いざよい》の月の下、大輔命婦に案内をさせて光源氏は末摘花邸を訪れます。そこで末摘花が奏でる琴の音を聞き、ますます興味をかきたてられます。

そんなある日、光源氏が末摘花邸に忍び込もうとしたその時、なんと後をつけてきた頭《とう》の中将《ちゅうじょう》に見つかってしまいました。なにかとライバル心を燃やしていた頭の中将が、このところの光源氏の怪しい動きを察知して後をつけてきたのです。やるね〜。

光源氏は女のところに忍び込もうとするカッコワルイ姿を見られ、仕方なく今日のところは退散。戻って頭の中将と酒盛りです。

　この一件で、頭の中将も末摘花に興味を持つようになります。となると、光源氏も本気にならざるを得ません。二人は競うように末摘花に恋文を送ります。ところが、二人とも末摘花のほうからはな〜んの返事ももらえません。あれれ？　内気だとしても失礼な！　宮廷きっての貴公子二人を無視するなんて！　そうこうしているうちに光源氏は病気を患ってしまい、療養へ出掛けてしまいます。

　さて秋になって病気も全快、恋愛も全開！　の光源氏は、八月二十日の夜、ついに痺れを切らして突然、末摘花邸を訪れ、御簾《みす》越しの対面もそこそこに、強引に部屋の中に入り、ついに末摘花と結ばれます。

　ベッドイン、めでたしめでたし？？？

　ところが、いざ契ってみると末摘花は何か変でした。このぎこちなさはもしかして初体験？　奥ゆかしさを通り越して世間知らずとも言える末摘花の様子に、光源氏はガッカリして帰っていきます。でもまあ、そこはプレイボーイの光源氏です。*1後朝《きぬぎぬ》の文《ふみ》などを送って時々は訪れます。

そしてある雪の日…
雪が綺麗《きれい》だな
あんなに積もっているよ
ほら、あなたも…
光源氏は雪明りでついにその姿を見てしまうのでした…
でこっぱち
長ーい赤っ鼻
青白い顔
きこりスタイル？
(黒ヒョウの皮衣)
ガリガリ
胴長
ダサーイ着物
短足
うわあ
す…すごいな…これは

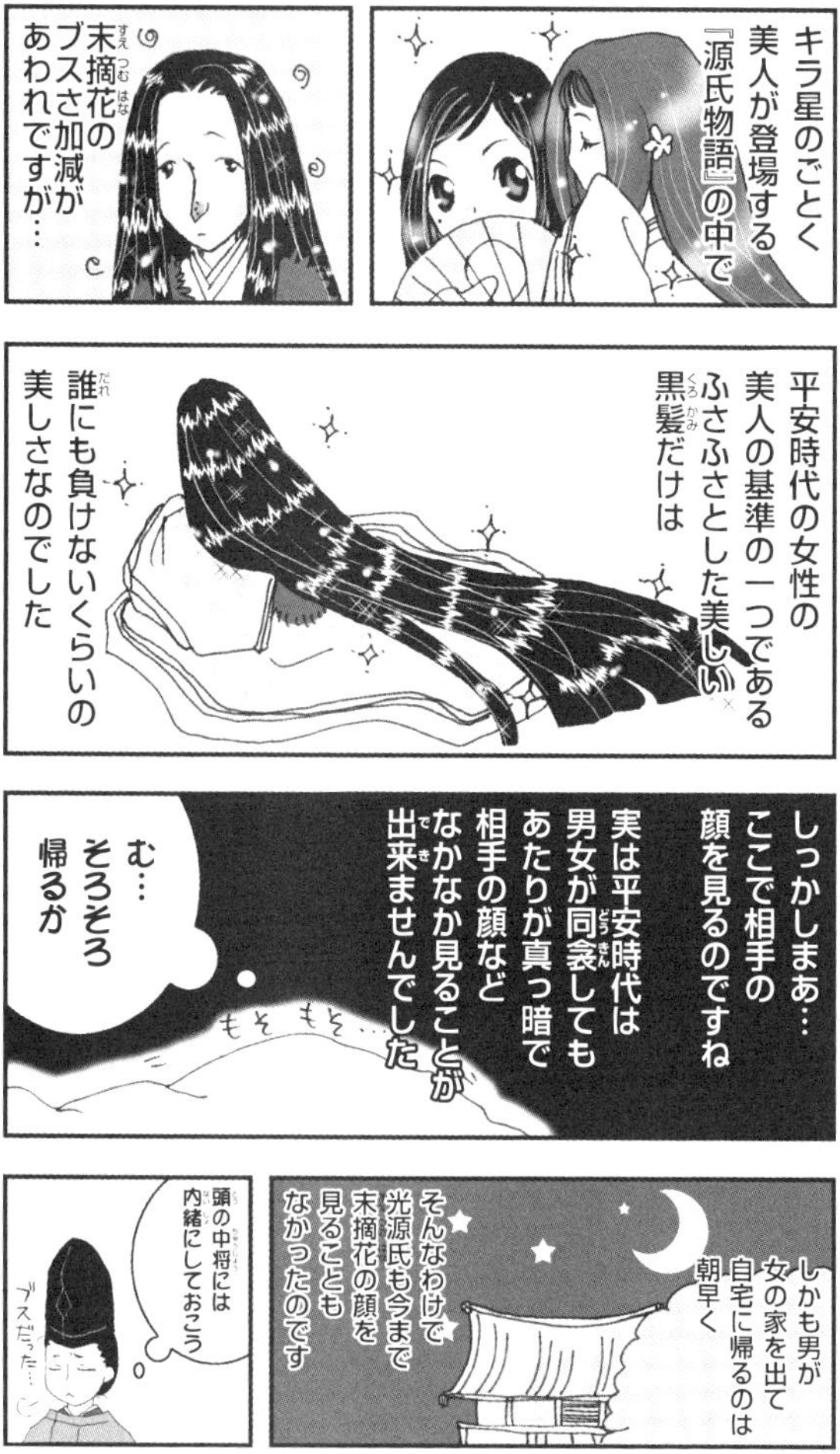
キラ星のごとく
美人が登場する
『源氏物語』の中で
末摘花《すえつむはな》の
ブスさ加減が
あわれですが…
平安時代の女性の
美人の基準の一つである
ふさふさとした美しい
黒髪《くろかみ》だけは
誰《だれ》にも負けないくらいの
美しさなのでした
しっかしまあ…
ここで相手の
顔を見るのですね
実は平安時代は
男女が同衾《どうきん》しても
あたりが真っ暗で
相手の顔など
なかなか見ることが
出来《でき》ませんでした
む…
そろそろ
帰るか
もそ もそ…
しかも男が
女の家を出て
自宅に帰るのは
朝早く
そんなわけで
光源氏も今まで
末摘花の顔を
見ることも
なかったのです
頭の中将には
内緒にしておこう
ブスだった…

さてお正月になって、末摘花は光源氏に正月用装束と歌を贈ってきました。貧しくても愛する光源氏様のためですもん、末摘花はがんばります。ケナゲです。贈られてきた装束は、例によってちょっと時代遅れ……。しかし、末摘花の優しい気持ちを察してあげるのが、プレイボーイ光源氏のお役目。ちゃんとこちらからも新年の装束を贈ってあげます。このへんが光源氏がモテる理由なんでしょうか。

とまあ優しい部分を見せる光源氏ですが、結構ひどいこともします。

二条院でかわいい紫の上《むらさきのうえ》（11歳）と絵を描いている時、自分の鼻を赤く塗って遊ぶのです。末摘花がこれを知ったら……。ひどい奴です。実は「末摘花」という花は赤い花です。「赤い鼻」と「赤い花」を掛けて末摘花と呼ばれるようになったのですね。

その後、光源氏は政敵の娘・朧月夜《おぼろづきよ》とのスキャンダルによって須磨、明石で流謫の身となります。この間、末摘花は誰にも世話をしてもらえず、貧乏のどん底でわびしく暮らします。末摘花の大きな邸は雑草に埋もれ、見る影もなく荒れ果ててしまいました。

しかし彼女は、父から受け継いだ邸を人に明け渡すなんてことは絶対にしません。私が守らず誰が守るの、という感じです。古風な分、頑固一徹です。でもお金がないから、邸はしだいに不気味なお化け屋敷になっていきます。

そんな彼女には叔母がいたのですが、こいつがくせ者でした。この叔母は末摘花の常陸の宮一族に恨みを持っていて、貧乏どん底の末摘花を自分の召使いにしてしまおうと企んでいました。

しかし、落ちぶれても意外と頑固な末摘花が取り合わないことに腹をたてた叔母は、末摘花の召使いたちを誘い出して九州に下っていきました。ついに末摘花は、本当に一人っきりになってしまいました。

それから何年かがたち、明石から帰京したはずの光源氏から何の音沙汰もないことに末摘花は落ち込みます。私の人生ってなんなのかしら～？　と哀しみながら、雪で白くなった大きな邸で、わびしく耐えがたい冬を過ごしていました。自分から手紙でも出せばいいものを……なんだかズレている末摘花ちゃんでした。

夏になり、光源氏（29歳）は花散里《はなちるさと》邸を訪問する途中で、末摘花の邸の前を通ります。あれ～？　この家、誰ん家だっけ？？　あっ、そういえば……ということで、すっかり荒れ果てて、お化け屋敷のような末摘花邸に再び立ち寄ることになりました。

ちょうど死んだ父のことを夢に見て物思いに沈んでいた末摘花は、11年ぶりの光源氏の突然の訪問にとまどいつつ、彼を信じて待っていた甲斐があった～、と素直によろこびます。すっかり忘れ去られていたのに、文句の一つも言いません。このへんもズレてる末摘花らしいですね。なんと11年もただひたすら光源氏を待っていたんです。

この時、光源氏29歳。精神的に成長したりっぱな大人です。

ごめんよ～、末摘花ちゃん‼　光源氏は、長い間ほっぽらかしておいたことをひたすら謝ります。謝ると同時に光源氏は、末摘花の自分へのケナゲで純情な愛に感動して、愛しく思います。

昔は古風で内気すぎると思っていたその性格も、今では遠慮がちな奥ゆかしさと感じられるようになりました。成長したねー、光源氏も。そして彼女の誠実な真心を愛し、また彼女の貧しい境遇に同情しました。

そこで光源氏は、末摘花の生活の保護をするために二条東院[*2]に引き取って、晩年に至るまで温かに庇護《ひご》しましたとさ。めでたし、めでたし。でも、やっぱり二条東院なんですよね。紫の上や明石の君などのいる六条院ではないところが、美人とブスを区別しているような……。

＊1　**後朝の文**　男女が結ばれると、男は夜が明ける前に帰宅し、歌（後朝の文）を女に送る。マメさと中身が勝負。

＊2　**二条東院**　光源氏が自邸二条院に明石からの帰京後増築したもの。空蝉、末摘花、花散里（後に六条院へ移る）という、物語の中では不美人な女性が住んだ。

ダイジェスト末摘花

❶ 常陸の宮の娘で没落貴族のため生活が苦しい。

❷ 頭の中将と光源氏とで末摘花の奪い合い。

❸ 古風で頑固、さらにブスで光源氏に失望される。

❹ 座高が高く痩せぎすで赤く垂れ下がった鼻。

❺ 11年間ただひたすら光源氏を待ち続ける律儀さ。

❻ 後に光源氏によって二条東院に引き取られる。

✲美人の館✲

六条院

㊡ 紫の上

㊍ ※花散里

㊎ 秋好中宮

㊏ 明石の君

※不美人の館※

二条東院

末摘花

空蝉

※花散里
（夕霧の養母役として六条院に住んだが、実は不美人）

9

藤《ふじ》壺《つぼ》

とこしへにあらまほしき人

……永遠に理想的な人

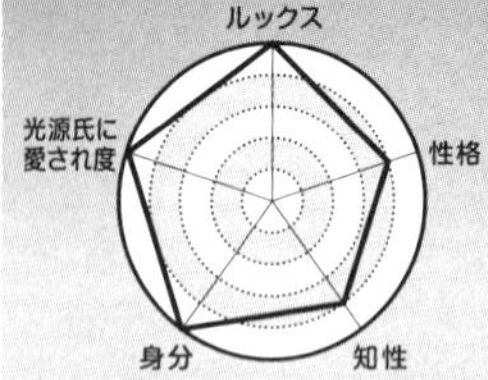

藤壺

桐壺帝の中宮。桐壺の更衣と瓜二つのため光源氏の求愛を受け不義密通をし、冷泉帝を産む。後に出家。

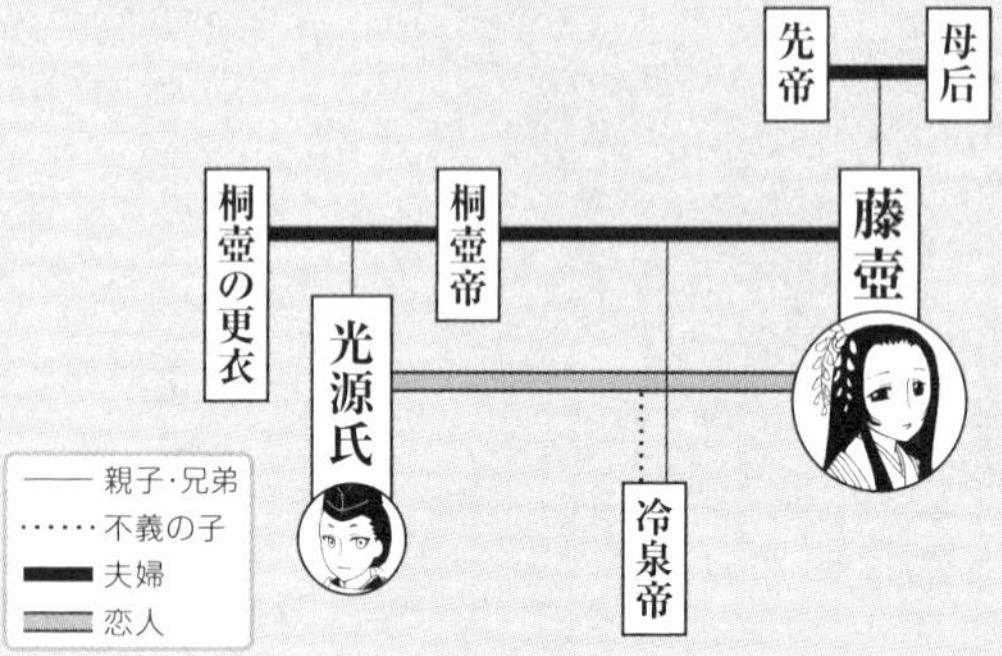

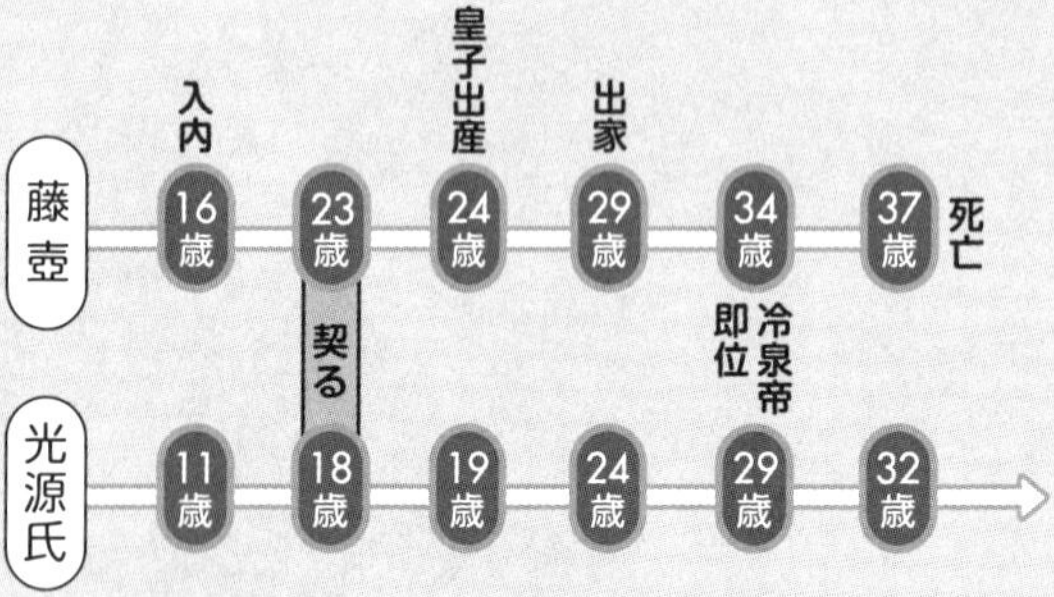

藤壺物語

『源氏物語』は、桐壺帝《きりつぼてい》が桐壺《きりつぼ》の更衣《こうい》という身分の低い女性を寵愛したことから始まります。その寵愛ぶりは、身分の高い弘徽殿《こきでん》の女御《にょうご》（右大臣《うだいじん》の娘）をはじめ、他の女御・更衣たちの反感を買ってしまい、桐壺の更衣は光源氏を出産した後、いじめによる心労で亡くなってしまいます。

最愛の人を失った桐壺帝は哀しみに沈み込み、政治もおろそかにしてしまいます。そこで亡き桐壺の更衣によく似た藤壺《ふじつぼ》という女性を女御として迎え入れて、彼女を寵愛するようになります。

藤壺は先帝の第四皇女ですから、さすがの弘徽殿の女御もいじめることはできません。まだ幼い光源氏も、亡き母によく似ているといわれる義理の母藤壺によくなつきます。義理の母といっても5歳しか年の差はありません。そして、それがだんだん恋心に変わり、一人の女性として深く愛するようになります。

結論から言えば桐壺帝も光源氏も、桐壺の更衣の面影を一生追い求める人生を送ったと言えます。二人にとって桐壺の更衣は「永遠の理想」の女性だったのですね。

12歳になった光源氏は元服という成人式を迎えます。そうすると、藤壺の部屋へ出入りはできなくなっちゃうのです。そういうルールなんです。

元服の後、わずか12歳で左大臣《さだいじん》の娘葵の上《あおいのうえ》（16歳）と結婚した光源氏でしたが、それは政略結婚に過ぎず、葵の上は光源氏に対して冷たい態度をとります。そのため、ますます光源氏の藤壺への恋心はエスカレートするのでした。

しかし、いくら愛しても藤壺は義理の母。藤壺へのかなわぬ恋のために、光源氏は次々と女性たちと関係をもっていきます。そしてついには藤壺のゆかりの女の子、紫の上《むらさきのうえ》（10歳）と運命的に出会い、二条院に引き取って育てるのでした。

そんな頃《ころ》藤《ふじ》壺《つぼ》は
病気療《りょう》養《よう》のために
実家に戻《もど》っていました
こそっ
!!

この過《あやま》ちが藤壺《ふじつぼ》の運命を大きく変えることになりました
光源氏（義理の息子《むすこ》）の子を宿してしまったのです
悩《なや》み苦しむ藤壺《ふじつぼ》はその後も言い寄ってくる光源氏をひたすら避《さ》け続けます
ど〜しよ〜

宮廷に戻った藤壺は、物の怪のために報告が遅れたことにして、懐妊したことを桐壺帝に告げます。桐壺帝は当然、自分と藤壺との間にできた子供だと思っているので大よろこびです。そこで桐壺帝はますます藤壺に愛を注ぐようになりますが、藤壺のほうはよろこぶ桐壺帝とは裏腹に、ただただ宿命に悩み苦しむ生活を送るのでした。

その頃、光源氏は夢で藤壺の懐妊を知ります。その夢によると、自分の子供が帝に上りつめるというのです。うれしさのあまり再び藤壺に迫るのですが、それは彼女を困らせ哀しませるだけでした。

桐壺帝は出産間近な藤壺をなぐさめるために、[*1]清涼殿《せいりょうでん》の前庭で紅葉《もみじ》の賀《が》の試楽《しがく》を開催します。それは桐壺帝の行幸《みゆき》のリハーサルでもありました。このイベントのクライマックスで光源氏（18歳）と頭《とう》の中将《ちゅうじょう》（24歳）は、[*2]青海波《せいがいは》を見事に舞ってみせます。

これを見ていた藤壺（23歳）は、光源氏のあまりの美しさに感動しますが、あの過ちさえなければ〜、と哀しい目で光源氏を見つめるのでした。

翌年2月、藤壺と光源氏の不義の子が生まれます。後の冷泉帝《れいぜいてい》です。かなりの光源氏似でした（そりゃそうだ）。藤壺は帝にバレるんじゃないかとビクビクものです。一方、何も知らない桐壺帝は大よろこび。かわいそー。

7月になり、桐壺帝は、譲位した後に藤壺の子供を東宮にするために、弘徽殿の女御を越えて、藤壺を中宮にします。

これには弘徽殿の女御も黙っていません。自分の孫を東宮にするのじゃ〜！　ということで藤壺への嫌がらせが始まります。

藤壺は、光源氏がいまだに自分に迫ってくることに悩んでいましたが、生まれてきた子供を守るために弘徽殿の女御と戦うことを決意します。母は強しですね〜。

その後、桐壺帝は譲位して桐壺院となり、朱雀帝《すざくてい》が即位します。そして藤壺の中宮が28歳、東宮が5歳の時に桐壺院が崩御してしまいます。この時、東宮のことを心配した桐壺院は、朱雀帝に東宮の将来を頼み、また光源氏を重用するよう朱雀帝に遺言します。父の愛ですね～。

しかし、桐壺院亡き後、朱雀帝の御世《みよ》になると、右大臣と弘徽殿の女御一派の天下なわけです。肩身の狭い藤壺の中宮は、里邸である三条宮《さんじょうのみや》に退出します。政権交代を表すかのように、任官をお願いしに光源氏の邸を訪れる人も少なくなってきました。

しかし、相変わらず光源氏（24歳）は藤壺の中宮（29歳）に迫ってきます。桐壺院もすでに亡くなっている今、藤壺の中宮としては、息子のことを考えると光源氏に後見を頼るしかなく、かといって光源氏の恋慕はうっと～し～！　そんなことやってる場合じゃないし……。

よーし、だったら出家しちゃえ～！　という結論に達するわけです。聡明な藤壺の中宮らしい考え方です。

桐壺院の一周忌の法要の後の法華八講《ほけはっこう》の日、ついに藤壺の中宮は出家してしまいました。これにはびっくりの光源氏。あ～、信じられない。どうして藤壺さま～!?（そりゃ、あんたのせいだ……）。

藤壺の追っかけをあきらめた光源氏は、東宮の庇護《ひご》者に徹することにするのでした。そもそも自分の子供だし……。藤壺の思惑通りにことが運びます。しめしめ。

この後、光源氏（26歳）が朧月夜《おぼろづきよ》との一件で須磨・明石に退居している間、出家した藤壺は弘徽殿の大后ら右大臣一派が威張りちらす中で一人息子を守りぬくのでした。

待つこと2年、光源氏（29歳）が明石から帰京し、帝位は朱雀帝から藤壺の子冷泉《れいぜい》帝《てい》（10歳）にチェ～ンジ。ヤッタ～。ついに藤壺（34歳）は帝の母、国母《こくも》となったのです（父は光源氏）。女院*3ですよ、女院《にょいん》。長い道のりでしたね～。

もちろん左大臣派も一斉に出世です。光源氏は内大臣*4《ないだいじん》に、頭の中将は権中納言*5《ごんちゅうなごん》に昇進し、元左大臣すらも政界に復帰します。一方、右大臣一派は、右大臣はすでに亡く、弘徽殿の大后は没落の一途。光源氏はかえって弘徽殿の大后に同情したりします。

後に春の初め頃から床に臥していた藤壺は、そのまま回復することなく37歳の短い生涯を閉じるのでした。

藤壺の死後、息子冷泉帝は、かつて藤壺に仕えていた老僧から自分の出生の秘密を知ってしまいます。またその頃起こっていた天変地異が、冷泉帝が光源氏に父としての礼を尽くさないためだとも老僧に言われます。

ひたすらビックリの冷泉帝（14歳）は急いで光源氏（32歳）に譲位しようとしますが、秘密がバレてこっちもビックリの光源氏は、ただひたすら辞退するのでした。

＊**1　清涼殿**　帝の日常生活の場所。政治の場である紫宸殿《ししんでん》の北西にある。中心となるのは「昼《ひ》の御座《おまし》」と呼ばれる場所。公的な行事も行われた。

＊**2　青海波**　雅楽《ががく》の曲名。またその舞。鳥兜《とりかぶと》をかぶった舞い人二人が剣を腰に帯びて舞う。

＊**3　女院**　帝の母や三后《さんごう》（太皇太后・皇太后・皇后）・内親王などに対して朝廷から与えられた尊称。待遇は院（上皇）に準ずる高いもの。

＊**4　内大臣**　帝の補佐をする役。左右大臣に次ぐ地位。

＊**5　権中納言**　「権」とは臨時に設けられた官だったが、後に正官に準ずるものとなった。ここでは中納言に準ずる役職。内大臣とは2ランク差。

ダイジェスト藤壺

1. 亡き桐壺の更衣の代わりとして桐壺帝の中宮に。
2. 5歳年下の義理の息子光源氏の求愛を受ける。
3. 光源氏と密通し不義の子（冷泉帝）を産む。
4. 光源氏を遠ざけ、息子（冷泉帝）を守るため出家。
5. 出家後光源氏と協力して冷泉帝の後見をする。
6. 光源氏にとって永遠の想い人。

何も知らない桐壺院…

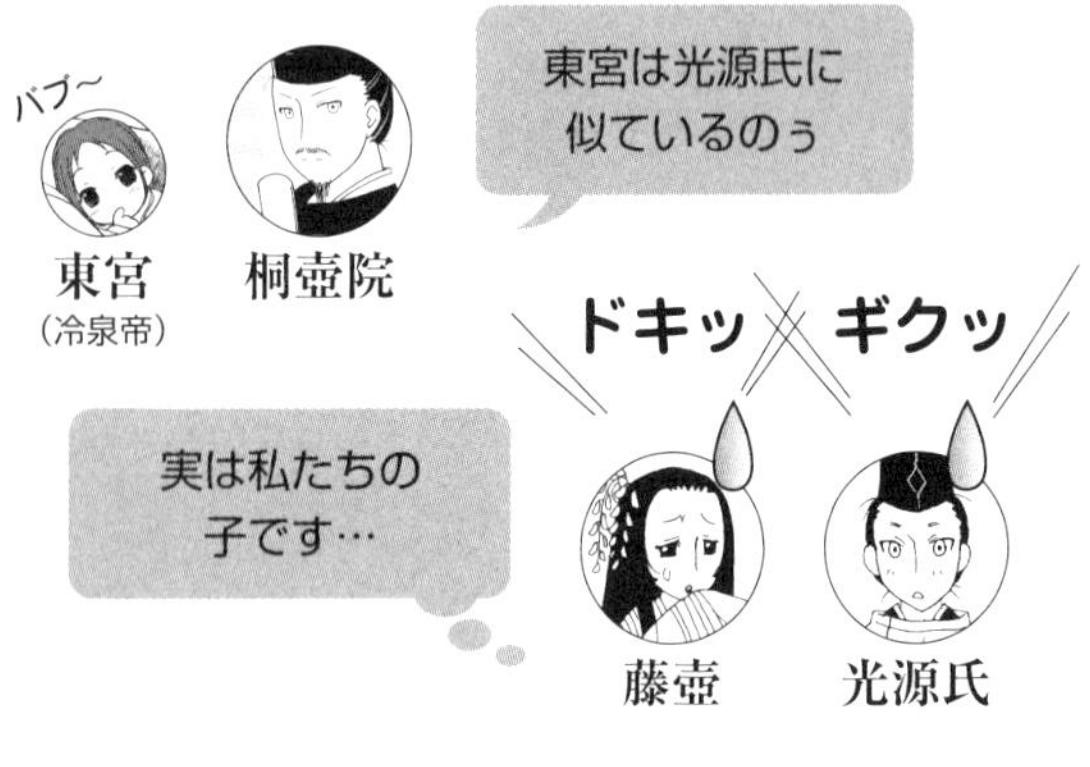

東宮は光源氏に似ているのぅ
バブ～
東宮
（冷泉帝）
桐壺院
ドキッ
ギクッ
実は私たちの子です…
藤壺
光源氏

10

朧《おぼろ》月《づき》夜《よ》

えんになまめきたる人

……色っぽく優美である人

朧月夜

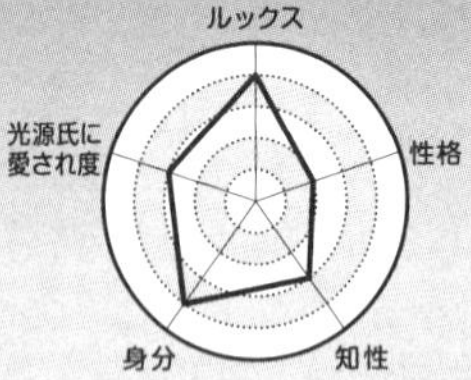

弘徽殿の大后の妹。朱雀帝に入内予定の身で光源氏と密会し、それがバレて光源氏は須磨へ退居。

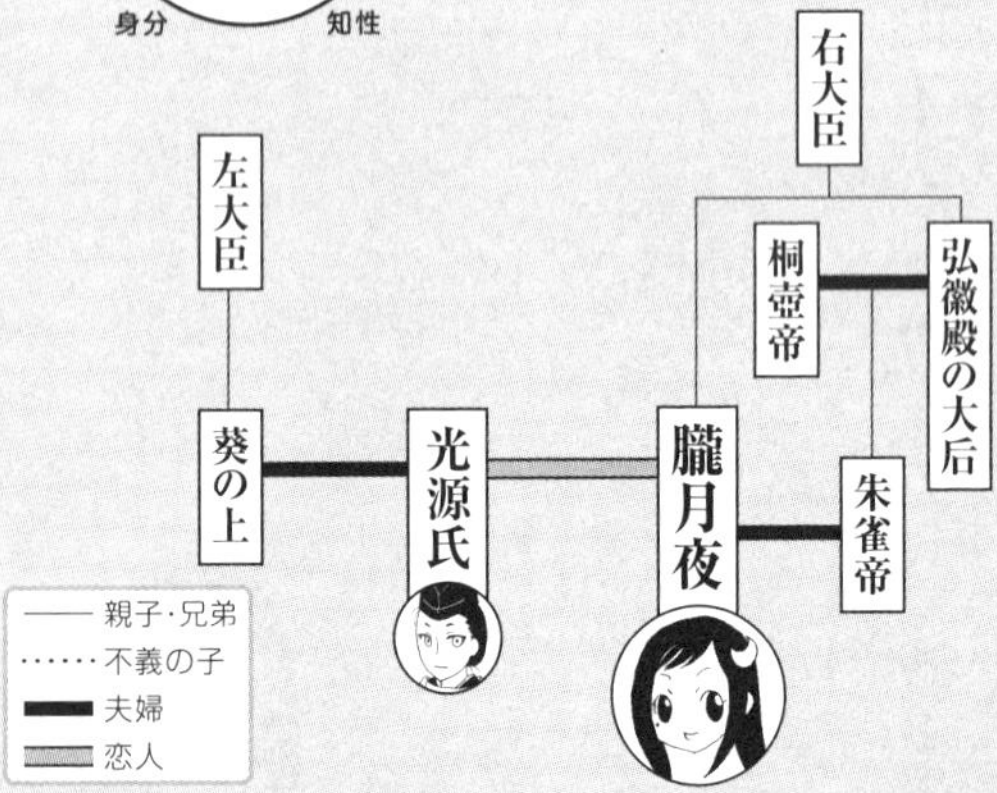

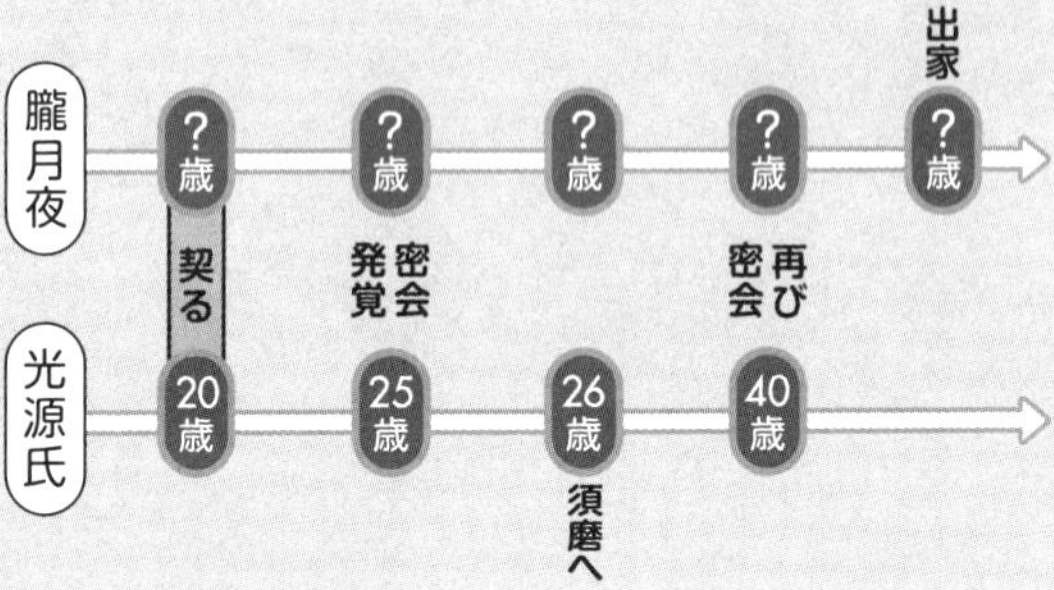

朧月夜物語

朧月夜《おぼろづきよ》と光源氏との恋愛は、足掛け10年以上にも及ぶ長いものです。しかも、ただの若い男女の恋愛物語に終わりません。というのは、ここに政治的対立が関わってくるからです。

光源氏が20歳の春、満開の桜のもとで桜の宴が行われました。8巻目にあたる「花宴《はなのえん》」です。例によって舞に詩にと大活躍した光源氏は、夜になって、宴の酔いが醒《さ》めないまま藤壺《ふじつぼ》*1の局《つぼね》のあたりをさまよい歩きます。

ところが想い人である藤壺の部屋のあたりの戸は全部閉まっていて、なんとなく物足りない光源氏は、敵地である弘徽殿《こきでん》の女御《にょうご》の屋敷のほうまで行っちゃいます。

するとそこに若く綺麗な女が現れ、「朧月夜に似るものぞなき～」なんて歌を口ずさみながら優雅に歩いてきました。この日は美しい朧月夜でした。風流な感じが気に入ってうれしくなった光源氏は、とっさにその女の袖をとらえます。女は一瞬抵抗したものの、相手が光源氏とわかるとおとなしく従います。そして二人は奥の部屋に入り、春の甘美な一夜を共にします。光源氏と朧月夜とのロマンチックな出会いです。

朧月夜のほうは相手が光源氏だと知っていましたが、光源氏のほうは相手が誰かわかりませんでした。二人は扇の交換をして、さりげなく別れます。

その後この女性について調べると、大変なことが判明します。朧月夜はなんと右大《う》臣《だいじん》の六番目の娘で、弘徽殿の女御の息子＝東宮（後の朱雀帝《すざくてい》）に入内《じゅだい》が決まっている大切な女性だったのです。後に、右大臣家の藤の花宴《ふじはなのえん》に招かれた光源氏（20歳）は、その夜、扇をつてにして再び朧月夜との再会を果たします。

敵対する右大臣の娘であり、兄ちゃん（しかも東宮）の婚約者だと知りつつ、光源氏は朧月夜との秘密の愛にのめりこんでいきます。危険な恋ほど燃えるもの……、また藤壺へのかなわぬ想いの代わりとして朧月夜を愛したのです。

一方の朧月夜も、朱雀帝との政略結婚に対して、あまり乗り気ではありませんでした。父右大臣や姉弘徽殿の女御の政治的な思惑に翻弄される哀しい運命から逃れるように、光源氏への愛に身も心も奪われていきます。

光源氏のことをあまりに思慕する娘のことを思い、父右大臣は、正妻葵《あおい》の上《うえ》が亡くなった光源氏との結婚を許そうかとも考えます。しかーし、こわ～い弘徽殿の女御はそんなことを許すはずもなく、妹と自分の息子との結婚を実現させようとします。

結局、朧月夜は宮廷に入り、尚侍《ないしのかみ》として朱雀帝からの寵愛を受けますが、光源氏との密会は相変わらず続けていました。どちらもだらしないね～。

二人の関係は朱雀帝に知られてしまいますが、人のよい朱雀帝は朧月夜を愛しているので、あえて咎《とが》めだてをしようとしませんでした。光源氏もここでやめとけばよかったものを……。

朧月夜《おぼろづきよ》が
病気で里帰りしている
ところを狙《ねら》って
よーし いってみよーー!
チャンスとばかりに
光源氏(25歳《さい》)は訪れます
そこで病み上がりの女性の
何ともいえない美しさに興奮し
しばらく頻繁《ひんぱん》に通う日々
色っぽい!!こりゃイイぞ〜♡
しかしそこは右大臣《うだいじん》家
非常に危険です
ある雷雨《らいう》の激しい夜の事—
帰りそびれて
しまった光源氏は
ザァー
六《ろく》の君《きみ》〜
大丈夫《だいじょうぶ》か?
すごい雷だなコリャ

娘《むすめ》の様子を見にきた右大臣《だいじん》に見つかってしまいます
オイー!!
でも何故《なぜ》か余裕《よゆう》
発覚!!
この話はすぐに弘徽殿《こきでん》の大后《おおきさき》にも知らされます 大后《おおきさき》はカンカンです
帝《みかど》の女に手を出しちゃった光源氏は大ピンチです!
でも光源氏はいつもの調子で余裕《よゆう》タップリ
しかしそれは桐壺院《きりつぼいん》という強い後《うし》ろ盾《だて》があった頃《ころ》の過去の栄光です
既《すで》に桐壺院《きりつぼいん》が崩御《ほうぎょ》し政権が右大臣《うだいじん》一派に移りつつある今単なる強《つよ》がりにすぎません

結局このスキャンダルを利用されて、光源氏（26歳）は官位を剝奪《はくだつ》されます。そしてさらに迫りくる流罪追放を恐れて、自ら進んで須磨へと退居します。朧月夜との不倫の代償は、あまりに大きなものでした。一方の朧月夜も宮廷への参上を禁止され、痛い目に合います。

しかし、ここで転んでもただでは起きないのが、主人公光源氏。流謫《るたく》先の明石で、ちゃっかり明石《あかし》の君《きみ》を手に入れます。ついでに子供も作ったりなんかして……。

さて、2年後に罪が許されて須磨・明石から帰ってきた光源氏（28歳）は、再び朧月夜に猛アタックをかけます。しかし精神的に成長した朧月夜は、軽々しくその誘いには乗りませんでした。

光源氏と離れている間に、朧月夜は本当に自分を愛してくれているのは朱雀帝であることに気がつきました。若さにまかせてスキャンダルまで起こし、朱雀帝を傷つけてしまったことを朧月夜は深く反省したのです。そしてだんだん朱雀帝に心を開き、愛するようになっていきます。

その後、朱雀帝は突然譲位して朱雀院となり、冷泉帝《れいぜいてい》が即位します。再び政権が交代し、左大臣家が返り咲きます。光源氏も内大臣へと昇進します。そんな政権争いなどどこ吹く風の朱雀院は、唯一の心配の種である娘 女三《おんなさん》の宮《みや》を正妻として光源氏に託し、朧月夜に思いを残しながら出家します。なんだかお気楽だね〜。

一方、40歳にして14歳の正妻女三の宮を迎えた光源氏のほうは、いい迷惑。ここにきて正妻女三の宮と愛する紫の上《むらさきうえ》（32歳）との板ばさみから逃れるかのように、朧月夜の部屋に強引に忍び込み、久々に一夜を共にします。いや〜久し振り。

強引さに弱い朧月夜は、光源氏の押しに負けて、しばらくこの関係を続けます。しかし、結局は朧月夜が出家することで、この関係は終わりを告げたのでした。

＊1　局　宮中で上級の女官や女房の居所にあてた部屋。転じて上級の女官や女房の尊敬語としても使われる。

ダイジェスト朧月夜

1. 光源氏の政敵右大臣の娘。姉は弘徽殿の大后（女御）。
2. 父や姉の策略で朱雀帝に入内予定。
3. 桜の宴で光源氏と会い、恋に落ちる。
4. 光源氏との密会が父右大臣にバレ、光源氏は須磨へ。
5. 一時期、光源氏との関係が復活。
6. 晩年は朱雀院の愛に気づき、後を追って出家。

愚兄賢弟 ～女性をめぐる兄弟対決～

賢弟	ラウンド		愚兄
 光源氏	1ラウンド 葵の上	桐壺帝により、右大臣側の朱雀帝を避け、光源氏と結婚。	 朱雀帝
	2ラウンド 朧月夜	光源氏との密会は朱雀帝入内後も続く…。	
全勝	3ラウンド 秋好中宮	朱雀院の申し出を断って、光源氏の意見で冷泉帝に入内。	全敗

11

頭《とう》の中《ちゅう》将《じょう》

いまめかしくすきがましき人

……現代風で好色っぽい人

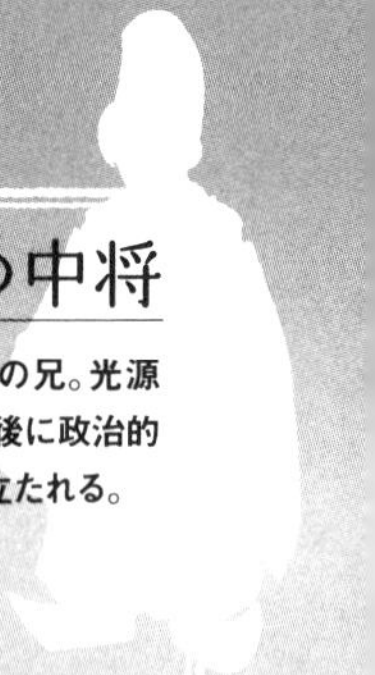

頭の中将

左大臣の嫡男で葵の上の兄。光源氏の義兄・友人だったが後に政治的に対立。嫡男柏木に先立たれる。

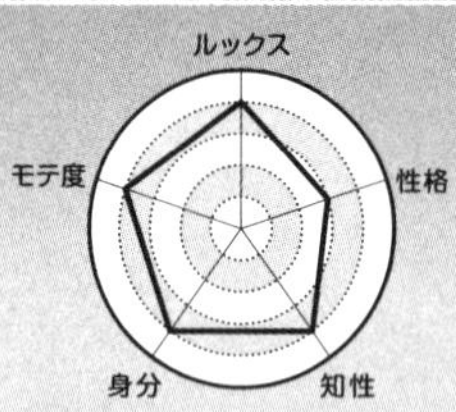

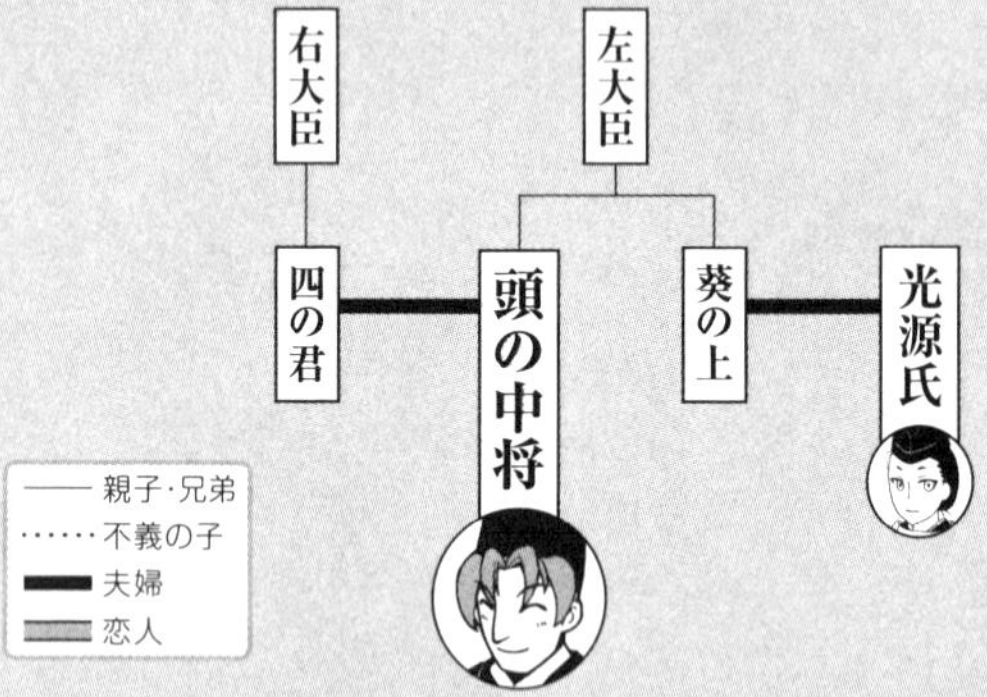

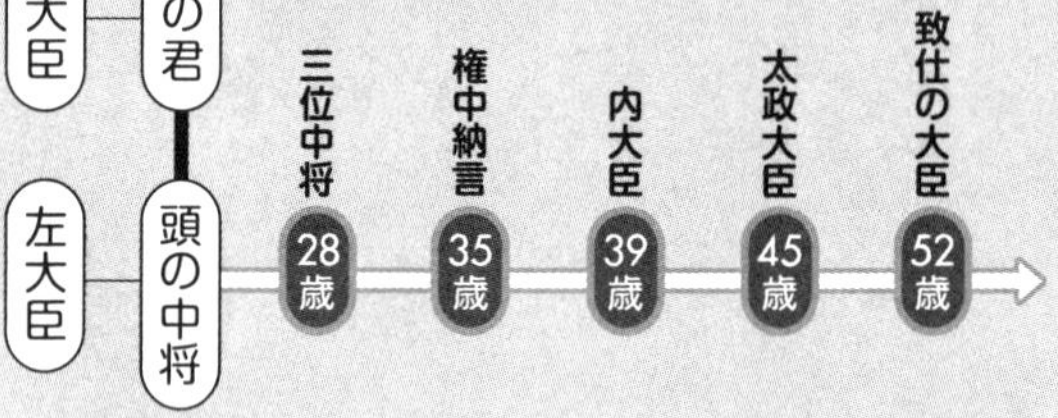

頭の中将物語

頭《とう》の中将《ちゅうじょう》は光源氏の義理の兄であり、友人・先輩であり、よきライバルです。また左大臣《さだいじん》の嫡男《ちゃくなん》であり、同時に右大臣《うだいじん》の娘と結婚しているという微妙な立場の人物です。そんな頭の中将が『源氏物語』の中で果たす役割は、とても重要なものがあります。

頭の中将は、その呼び名が変わっていくという点では『源氏物語』では最多に近く、出世するたびに「蔵人少将《くろうどのしょうしょう》」「権中納言《ごんちゅうなごん》」「内大臣《ないだいじん》」「太政大臣《だじょうだいじん》」「致仕の大臣《ちじのおとど》」などとなるので、とてもやっかいです。

頭の中将は、光源氏が12歳の時に結婚した左大臣の娘葵の上《あおいのうえ》*1の同腹の兄ちゃんです。葵の上が光源氏の4歳上の16歳、頭の中将は6歳年上の18歳。みんなまだまだ青春真っ盛りの年齢ですね。さて、光源氏が17歳の夏、五月雨《さみだれ》の降る夜の話。

光源氏
ワイ
ワイ
藤式部丞《とうのしきぶのじょう》
女性はね…
左馬頭《さまのかみ》
頭の中将《とうのちゅうじょう》
身分が高すぎても低すぎてもダメさ中流の女性がベストだよ
頭の中将《とうのちゅうじょう》
というのも頭《とう》の中将《ちゅうじょう》には昔深く愛した「常夏《とこなつ》の女」という中流の女性がいたからなのです

「常夏《とこなつ》の女」は
おとなしくかわいらしい人で
頭《とう》の中将《ちゅうじょう》と深く愛し合いました
そして可愛《かわい》い女の子まで
できたのです
よち
よち
しかし…
頭《とう》の中将《ちゅうじょう》の北《きた》の方《かた》に
脅《おど》されて
この泥棒猫《どろぼうねこ》!
くわっ!
きゃ〜
突然《とつぜん》姿を消して
しまったのでした
この「常夏《とこなつ》の女」こそ
光源氏が後に出会う「夕顔《ゆうがお》」です
そしてこのときの子供が
のちの「玉鬘《たまかずら》」なのです

さて話は戻って頭の中将ですが、すでに右大臣の娘四の君《よんのきみ》と政略結婚しています。といっても左大臣の息子と右大臣の娘……、うまくいくわけがありません。政略結婚のつらさがわかっていたからこそ、妹葵の上と政略結婚した光源氏のつらさも理解できる頭の中将なのでした。

光源氏がプレイボーイになった一つの原因に、このような義兄頭の中将の影響があったのは否定できないところでしょう。若い光源氏は、正妻葵の上よりも義兄頭の中将のほうに足繁く通って、二人で遊び回ります。よき友人関係、いや悪友関係です。

例えば、こんなことがありました。

夕顔の死後、新しい出会いを求めていた光源氏（18歳）は、宮家の姫君末摘花《すえつむはな》のところにお忍びで出かけていきます。ところが、光源氏の行動がアヤシイと思った頭の中将（24歳）が後をつけてきたのですねえ。しかも、家来の格好をして！　イイ女を光源氏に独り占めなんてさせないぞ、という気持ちからです。笑えるライバル心です。

結局、この競争は光源氏が末摘花をゲットして終わります。まずは光源氏の一勝ですね。しかし、末摘花がブスだとわかって腰をぬかした光源氏のことを考えると、どっちが勝ったといえるのか……。

光源氏が18歳、頭の中将が24歳の時、紅葉の賀という宴があり、ここで光源氏と頭の中将の二人が青海波を舞って人々を魅了します。二人の世ならぬ美しさに、みんなうっとりです。桐壺帝も感動の涙を流します。

光源氏が19歳、頭の中将が25歳の時にはこんなこともありました。

光源氏がなんと、40歳近く年上の女官、源《げん》の典侍《ないしのすけ》と浮気しているという噂がたちました。この源の典侍という女性は、知らぬ人もない色恋好きのおバアちゃんでした。そこで頭の中将は、浮気の現場を押さえてやれとばかりに二人が眠っているところへ押し入り、冗談で太刀《たち》を引き抜いたりします。意地悪ですね～頭の中将も。

57歳のおバアちゃんを取り合う二人の貴公子、という図式は結構マヌケですね。まあ、でもこれも青春の一コマ。その後二人を襲う人生の試練に比べれば、笑って済ませられるエピソードです。

光源氏と頭の中将の人生に、次第に暗雲が立ち込めてきます。

まず、頭の中将の妹で光源氏の正妻、葵の上がわずか26歳で亡くなります。頭の中将は兄として最愛の妹の死を哀しみ、また妻を失った光源氏に対しても、いろいろとなぐさめに訪れます。すでに頭の中将も28歳、三位《さんみ》の中将にまで出世した姿は立派な大人です。喪中ということで着ている鈍色《にびいろ》*2の直衣《のうし》*3や指貫《さしぬき》姿も、情趣あふれる出立《いでた》ちです。かっこいい〜。

光源氏が22歳、頭の中将が28歳の時に桐壺帝が譲位をし、朱雀帝《すざくてい》が即位します。さらに2年後、桐壺院が亡くなるに及んで右大臣側が権力を握るようになりました。左大臣の息子である頭の中将も、不遇の時代を迎えます。没落気味の左大臣家の光源氏と頭の中将の二人は、開き直って「*4韻塞《いんふさ》ぎ」なんていうクイズ大会を催したりします。

勝ったのは光源氏。負けた頭の中将は光源氏を招いて御馳走をプレゼントします。まだまだ、この頃は余裕がありました。

しかし光源氏が25歳、頭の中将が31歳の時に、ついに大事件が起きます。光源氏が朱雀帝に入内予定の右大臣の娘朧月夜《おぼろづきよ》と密会を重ね、ついにそれが発覚して須磨に退居することになったのです。義理の兄、頭の中将としては、なんとかしてやりたいところですが、自分が右大臣の娘と結婚しているという立場もあり、光源氏を寂しく見送るしかありません。

須磨で寂しく暮らす光源氏のもとに、宰相の中将（頭の中将）は政治的危険をおかして見舞いに出かけていきます。そして漢詩や和歌を詠んで光源氏を励ますのでした。

その後、都にさまざまな異変が起こり、ついに3年ぶりに光源氏（28歳）が帰京することになりました。朱雀帝が譲位し冷泉帝が即位したために、左大臣家に再び政治的な春が来ます。やったー。みんなそれぞれ昇進します。元左大臣は[*5]太政《だじょう》大臣に、光源氏は内大臣に、藤壺は女院に、すでに宰相《さいしょう》の中将となっていた頭の中将は権中納言にそれぞれ出世です。

権中納言は長女を冷泉帝《れいぜいてい》（11歳）に入内させ、弘徽殿《こきでん》の女御《にょうご》（12歳）とします。もう権中納言（34歳）も娘の出世を考える、よきパパの年齢に達しています。弘徽殿の女御は、冷泉帝と年齢が近いこともあり寵愛を受けますが、後に光源氏の養女となった六条御息所《ろくじょうのみやすんどころ》の娘が、梅壺《うめつぼ》の女御《にょうご》として入内します。こちらは帝より9歳年上です。

この頃から、権中納言（頭の中将）と光源氏の政治的対立が激しくなってきます。今度は娘を間にはさんで再びライバル関係です。

帝とは9歳の年齢差があった梅壺の女御でしたが、気品と奥ゆかしさがあり、さらに絵がうまかったので、しだいに冷泉帝の心をひきつけるようになります。そうするとおもしろくないのは弘徽殿の女御の父、権中納言です。先に入内させてるのは俺の娘だぞ〜、ということで当代きっての絵師に絵を描かせて、娘弘徽殿の女御のもとへ集め、帝の気をひこうとします。

一方の光源氏も負けじと素晴らしい絵を集めます。光源氏が集めたのが「古風な絵」であるのに対し、権中納言のほうは「モダンな絵」で対抗します。

そしてついに「権中納言&弘徽殿の女御 vs 光源氏&梅壺の女御」で絵合《えあわせ》*6が行われることになります。まず一回目の勝負は、藤壺《ふじつぼ》の女院（36歳）の前で行われました。結果は左方の「光源氏&梅壺の女御」組がやや優勢。右方の「権中納言&弘徽殿の女御」組は焦ります。二回目はいよいよ冷泉帝の前で行われ、決着がつくのです。

そこで、お互いの応援団から素晴らしい絵が贈られます。弘徽殿の女御には弘徽殿の大后や朧月夜から。梅壺の女御には朱雀院から秘蔵の絵が贈られました。

さて、宮中を巻き込んでの絵合の勝負やいかに!?

冷泉帝を前にした絵合勝負は、なかなか決着がつかずに夜まで続きます。が、光源氏が須磨で描いた絵巻が出品されると、そのあまりの素晴らしさに満場一致で左方の勝ちとなります。「光源氏&梅壺の女御」組の完全勝利です。なんだか権中納言は、頭の中将時代からずーっと光源氏に負けっぱなしのような……。

その後、梅壺の女御（24歳）が立后《りつごう》し、秋好中宮《あきこのむちゅうぐう》となります。結局、権中納言の娘、弘徽殿の女御（16歳）は中宮争いに負けてしまいました。権中納言としてはおもしろくありません。

光源氏が太政大臣に出世し、右大将に出世していた権中納言は内大臣に昇進します。長女の立后に失敗した内大臣は、次女の雲居《くもい》の雁《かり》を東宮に入内させることに最後の望みをかけます。どこまでもがんばるねえ～。

内大臣は雲居の雁の母親とは離婚しており、祖母に育てられていた雲居の雁は、実は幼なじみの夕霧《ゆうぎり》（光源氏と葵の上の息子）と相思相愛でした。またまた光源氏が邪魔するのか……、ということでお怒りの内大臣は、雲居の雁を自邸に引き取って二人を引き離してしまいます。

二人の娘が思うように出世していかないことにがっかりの内大臣は、その昔、常夏の女（夕顔《ゆうがお》）に産ませた女の子のことを思い出します。そこで夢を占わせたところ、娘は他人のもとで育っているとのことでした。実はこれも光源氏がらみだよ～。

内大臣（頭の中将）と常夏の女（夕顔）との娘、玉鬘《たまかずら》は田舎で美しく成長し、光源氏に引き取られてからも、その美しさは世間で評判になっていました。何人もの求婚者を得て、誰にしようかな～なんていう選び放題の状態です。

ここで、玉鬘の実の父である内大臣に本当のことを告げなければいけないのですが、この時期、光源氏と内大臣とはうまくいっていません。しかも光源氏自身、玉鬘が好きになって言い寄ったりします。相変わらずのスケベジジイぶり……。

さて、玉鬘《たまかずら》ちゃん(23歳《さい》)が裳着《もぎ》の儀式《ぎしき》(成人式)をすることになりました
遅《おそ》くなったが育ての親としては成人式ぐらいしてやらねば
わくわく
九州の田舎《いなか》で育ったために成人式すらやってなかったんですね
そしていきなり光源氏に腰結《こしゆ》いの役を頼《たの》まれて
何で俺《おれ》ーー!?
びっくりしたのが内大臣(43歳《さい》)でした
実は…玉鬘《たまかずら》はあなたの本当の娘《むすめ》なのです
そうでありましたか
ならば是非《ぜひ》やらせてくだされ
光源氏はこれを機に内大臣と玉鬘《たまかずら》の二人《ふたり》を実の親子として対面させようとしていたのです

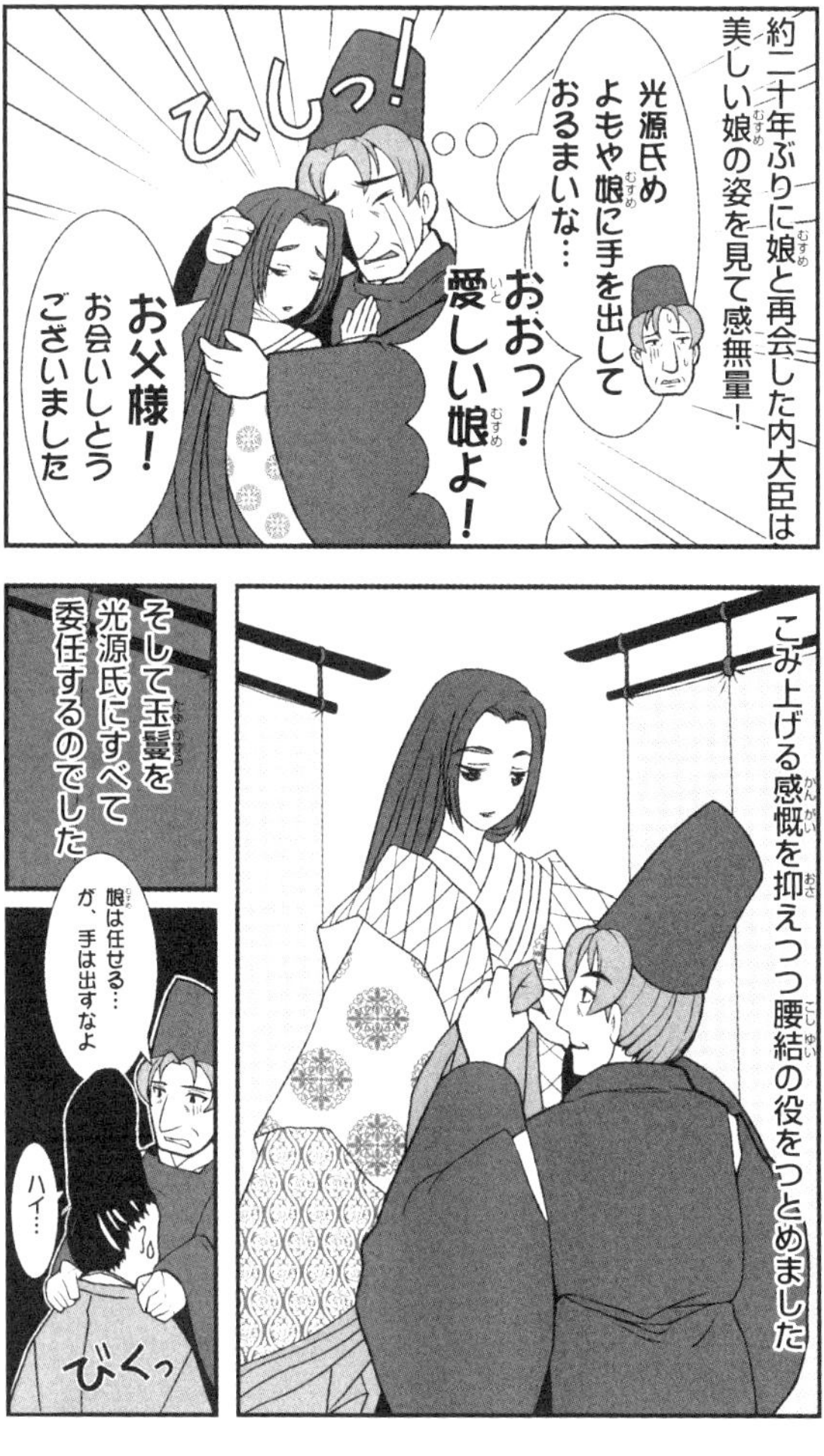
約二十年ぶりに娘《むすめ》と再会した内大臣は美しい娘《むすめ》の姿を見て感無量！
光源氏め よもや娘《むすめ》に手を出しておるまいな…
ひしっ！
おおっ！ 愛《いと》しい娘《むすめ》よ！
お父様！ お会いしとうございました
こみ上げる感慨《かんがい》を抑《おさ》えつつ腰結《こしゆい》の役をつとめました
そして玉鬘《たまかずら》を光源氏にすべて委任するのでした
娘《むすめ》は任せる…が、手は出すなよ
ハイ…
びくっ

その後も雲居の雁と夕霧の仲だけは認めない内大臣でしたが、夕霧（18歳）の縁談の噂を聞いてから焦り始めます。そこで夕霧と和解をしようと、内大臣自らが彼に歩み寄り、家に招待するのでした。光源氏も内大臣の心を察し、夕霧に衣装の気配りをして送り出してあげました。こうして雲居の雁（20歳）と夕霧（18歳）の二人は、めでたく結婚します。

その後、光源氏（39歳）は*7准太上天皇《じゅんだいじょうてんのう》に、内大臣（45歳）は太政大臣に昇進します。そして冷泉帝《れいぜいてい》が譲位し、今上帝《きんじょうてい》が即位するとともに内大臣は政界から隠退し、*8致《ち》仕《じ》の大臣《おとど》となります。

その後、致仕の大臣（頭の中将）を襲った最大の事件としては、息子柏木《かしわぎ》の死です。

致仕の大臣の息子である柏木は、光源氏の最後の正妻女三《おんなさん》の宮《みや》のことを好きになり、どうしても忘れられませんでした。

そして柏木はついに女三の宮と不義密通の罪を犯してしまいます。しかし、そのことを光源氏に知られた上に皮肉な言葉を浴びせられた柏木は、自責の念に耐え切れず病気になり、死んでしまいます。

致仕の大臣は息子の死に心を傷め、衰弱します。そこで光源氏がお悔やみを言いに来てくれたことに感激したりします。殺したのは光源氏と言ってもいいのに……、知らぬが仏。

また、娘の雲居の雁が夕霧の浮気によって自宅に戻ってきた時も心配し、夕霧の浮気相手の落葉《おちば》の宮《みや》に恨みの歌を送ったりもします。

その後、紫の上（43歳）が亡くなった時、致仕の大臣（57歳）は、昔、妹の葵の上が亡くなったのも秋のことだったと思い出しては哀しみにくれます。そして光源氏に丁寧な弔問をするのでした。

＊1　**同腹**　左大臣の正妻大宮《おおみや》を母とする。この時代では兄弟といっても、母親が違うケースが多いが、葵の上と頭の中将は同じ母をもつ兄妹である。

＊2　**直衣**　平安時代以降、帝や貴族の平常服。位階による色の規定がないため好みの色を着られたので、社交服として活用された。必ず烏帽子《えぼし》または冠を付け、指貫を着用した。

＊3　**指貫**　袴の一種。活動しやすい。布袴《ほうこ》・衣冠《いかん》または直衣・狩衣《かりぎぬ》の時に着用する袴。

＊4　**韻塞ぎ**　古字の韻字を隠してこれを言い当てる文学遊戯。

＊5　**太政大臣**　太政官《だじょうかん》の最高位にある官。職掌《しょくしょう》はなく、一種の名誉職。適任者がいない場合は欠員。実質は左右大臣がトップ。

＊6　**絵合**　左右に組を分け、判者を立てて、おのおの絵や絵に歌をそえたものを出し合って優劣を競う。

＊7　**准太上天皇**　太上天皇は、天皇が譲位した後の称号。光源氏の場合は即位していないが、冷泉帝の父親だったので太上天皇に準ずる称号を得た。

＊8　**致仕の大臣**　官職を退き、隠退した大臣。

ダイジェスト頭の中将

1. 左大臣の嫡男で葵の上の兄。
2. 光源氏のよき義兄・親友、後に政治的に対立。
3. 右大臣の四の君と政略結婚。
4. 夕顔との間に玉鬘をもうけ、20年後に再会。
5. 光源氏とは女性争奪戦、出世などほとんど全敗。
6. 嫡男柏木に先立たれショックを受ける。

光源氏 VS 頭の中将

光源氏				頭の中将
○ 勝っても微妙	勝	1ラウンド 末摘花	負	× 負けてよかった
△ ふりまわされただけ		2ラウンド 源の典侍		△ ふりまわされただけ
○ (養女)秋好中宮	勝	3ラウンド 冷泉帝の中宮争い	負	× (娘)弘徽殿の女御
○ (娘)明石の中宮	勝	4ラウンド 今上帝の中宮争い	負	× (娘)雲居の雁
○ 常にリード	勝	5ラウンド 出世	負	× くそ〜っ！

12

明石《あかし》の君《きみ》

数ならぬ身なれど気高きさまなる人

……とるに足らない身分ではあるが
気品が高い様子である人

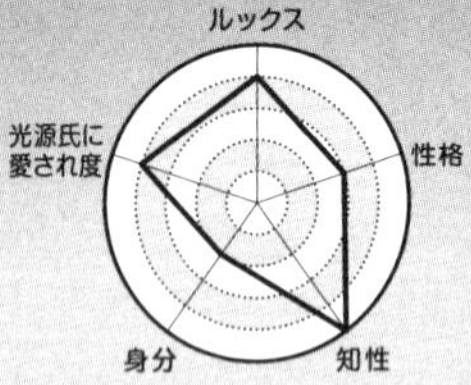

明石の君

明石の入道の娘。明石へ退居してきた光源氏との間に姫君をもうけ、のちに姫君は中宮となる。

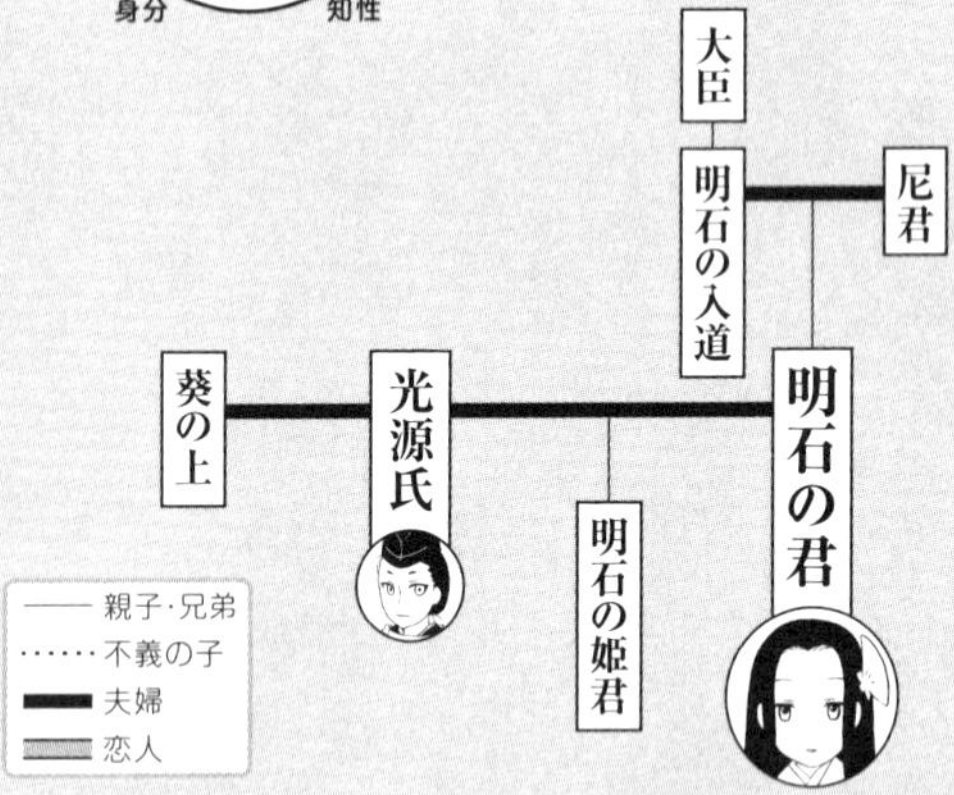

明石の君物語

明石《あかし》の君《きみ》といえば……「玉の輿《こし》」です！

そんな明石の君の物語は、光源氏が朧月夜《おぼろづきよ》とのスキャンダルによって須磨に退居したところから始まります。誰かのピンチは誰かのチャンスなんですね。


光源氏26歳の春、桐壺帝《きりつぼてい》から朱雀帝《すざくてい》への政権交代によって、右大臣《うだいじん》とその娘の弘徽《こき》殿《でん》の大后《おおきさき》が実権をにぎりました。さらに父桐壺院が崩御するに及んで、光源氏は後ろ盾を失います。そんな時に朧月夜とのスキャンダルがあり、ピンチになった光源氏は、流罪になる前に自ら須磨に退居することにします。

須磨の地で将来の不安を思ってわびしく暮らす光源氏にとって、都の愛する人たちとの文通だけが心のなぐさめでした。藤壺《ふじつぼ》、紫の上《むらさきのうえ》、朧月夜、花散里《はなちるさと》、左大臣家、そしてあの六条御息所《ろくじょうのみやすんどころ》とも文通していました。しかし、そのことを知ったあのこわ～い弘徽殿の大后が激怒したために、文通もできなくなってしまいます。

寂しくむなしい生活が一年続きました。光源氏は早く都に帰ることができるように海岸で祈願をします。すると、それまで晴れていた空がにわかにかきくもり、暴風雨が吹き荒れたので、光源氏はいそいで館に逃げ帰りました。その暴風雨は数日間続き、光源氏の住む邸にも雷が落ちてしまい大騒ぎです。

光源氏が不安で疲れ果てて休んでいると、亡き父桐壺院が突然目の前に現れました。父が言うには、「住吉明神《すみよしみょうじん》*1の導きにしたがって須磨を早く去れ」とのことでした。

その翌朝、明石の入道《あかしのにゅうどう》という男が迎えの舟をよこします。実は明石の入道のことも夢のお告げを受けていたのです。光源氏は須磨を去って明石の浦に移り住むことになりました。

この明石《あかし》の入道《にゅうどう》というのが
明石《あかし》の君《きみ》のお父《とう》ちゃんです
目立ってるけど
脇役
もともと高貴な身分だったのに
宮廷《きゅうてい》社会から脱落《だつらく》して地方官となった
明石《あかし》の入道《にゅうどう》は
まだまだ夢を諦《あきら》めてはいませんでした
このまま終わらんぞ
そんな父親なので……
目指せ玉《たま》の輿《こし》!
よいか! 明日《あした》の為《ため》に その1!!
…!!
今年《ことし》も住吉《すみよし》神社で 立身出世祈願《きがん》じゃ!! その2……!
夢が叶《かな》わぬ くらいなら 死んでしまえ!
……という勢いで 厳しい教育をしていました

そんな入道は
ぴく
ぴく
光源氏の須磨流謫《すまるたく》の噂《うわさ》を聞いて
チャ～ンス
と思ったわけです
そして光源氏に
わしの娘《むすめ》と是非《ぜひ》!
と猛烈《もうれつ》にお願いします
光源氏の方も父桐壺院《きりつぼいん》の夢のお告げで明石《あかし》に移り住んだのは明石の君《きみ》と出会う運命だったにちがいない!
な～んて考えてせっせとラブレターをおくります
好き者復活!です

しかし、手紙をもらった明石の君（18歳）のほうとしては、高貴な光源氏（27歳）と田舎娘に過ぎない自分が釣り合うとは思わず、我が身の卑しさを思って返事を出すこともためらっていました。

そんな明石の君に業《ごう》を煮やしつつも、父明石の入道の手引きで強引に明石の君の部屋に入り込んだ光源氏は、ついに明石の君を口説き落とします。明石の君は予想以上に美しく、光源氏は夜毎に明石の君を訪れて愛し合いました。そして結婚[*2]までしてしまうのでした。

その知らせを聞いた都の紫の上は、とても哀しみます。さすがの光源氏も紫の上のことを思い、明石の君との逢い引きをしばらくひかえました。明石の君は、そんな光源氏の冷たさに男性の身勝手さを痛感しますが、自らの哀しい気持ちを抑えて穏やか〜にケナゲに振舞います。光源氏はそんな明石の君をいじらしく思い、さらに深く愛するようになっていきます。

その頃、都では大変なことが起こっていました。というのも、光源氏が須磨で見た亡き父桐壺院の夢を兄の朱雀帝も見ており、その幻を見てから帝の目が見えなくなってしまったのです。さらに、意地悪な弘徽殿の大后も病気がちになっていました。

朱雀帝は、弟（光源氏）を大切にせよという父の遺言に背いて無罪の光源氏を追放したことを反省し、退位を決意しました。そして、次の帝になる冷泉帝《れいぜいてい》の後見役として光源氏を明石から呼び戻すことを命じました。

そうとも知らず、光源氏は明石の君にぞっこん中。毎晩欠かさず通って愛し合った結果、彼女はめでたく懐妊します。

さて、3年ぶりに都に帰ることになった光源氏（28歳）は、身重の明石の君（19歳）を残していくことは忍びがたかったので、彼女をできるだけ早くに都に迎えることを約束します。別離の日には二人だけで琴をひき、将来までの愛を固く約束して明石の浦を去っていきます。

3年ぶりに帰京した光源氏は、冷泉帝の後見役として権中納言《ごんちゅうなごん》から内大臣《ないだいじん》に昇進。

そして義理の父である元左大臣が太政大臣《だじょうだいじん》に、その息子宰相《さいしょう》の中将（頭の中将）は権中納言に、藤壺（33歳）は女院に栄進し、再び左大臣家に春が巡ってきました。

その後、明石から女の子が生まれたという知らせを受けた光源氏は、「三人の子供が生まれるが、その三人はそれぞれ、帝と后と太政大臣になるでしょう」という占い師[*3]の予言を思い出し、大よろこびで使者を明石に派遣して世話をします。

有頂天の光源氏ですが、明石の君のほうはそうではありませんでした。

光源氏が29歳の秋、帰京の望みがかなった御礼のために、大坂の住吉明神を参詣します。毎年参詣を欠かさない明石の君一行も住吉に来合わせましたが、光源氏の盛大な行列を遠くから見て、ただただ圧倒されてしまいます。そしてこんなにも高貴な光源氏と自分の身分を比べて、あらためてひどくみじめな気持ちになってしまいます。

その後、光源氏から都に迎えたいという手紙をもらった明石の君は、住吉でのみじめな経験を考えると、決心がつきかねていました。

光源氏が31歳の秋、増築していた豪邸二条東院が完成しました。まず西の対に花散里を住まわせます。そして東の対に明石の君を住まわせる計画でしたが、当の明石の君は相変わらずためらっていました。高貴な人たちの中でみじめな思いをするのではないかと心配しているのです。

そこで助け舟を出したのが明石の入道です。皇族だった母方の祖父の旧邸が大堰川《おおいがわ》のほとりにあることを思い出し、壊れかかっていた建物を整備します。そして明石の君と娘（3歳）、さらに妻も一緒に行かせ、自分一人だけが明石に残ることにしました。泣かせるお父さんだねえ。

一方の光源氏は、紫の上の目を気にして、なかなか大堰邸《おおいてい》にいる明石の君と娘に会いに行けません。ようやく3年ぶりに明石の君と再会し、姫君とは初対面を果たします。光源氏としては二人に二条東院に来てほしいところですが、いろいろな事情でなかなか果たせません。

結局光源氏は
明石の姫君だけは
二条院の紫《むらさき》の上《うえ》に育ててもらう
決心を固めます
そろそろどうだろうか……
そして
心を鬼《おに》にして
それを明石《あかし》の君に告げます
明石《あかし》の君にとっては
辛《つら》くて苦しい決断でした
しかし
娘《むすめ》の将来のことを考えると……

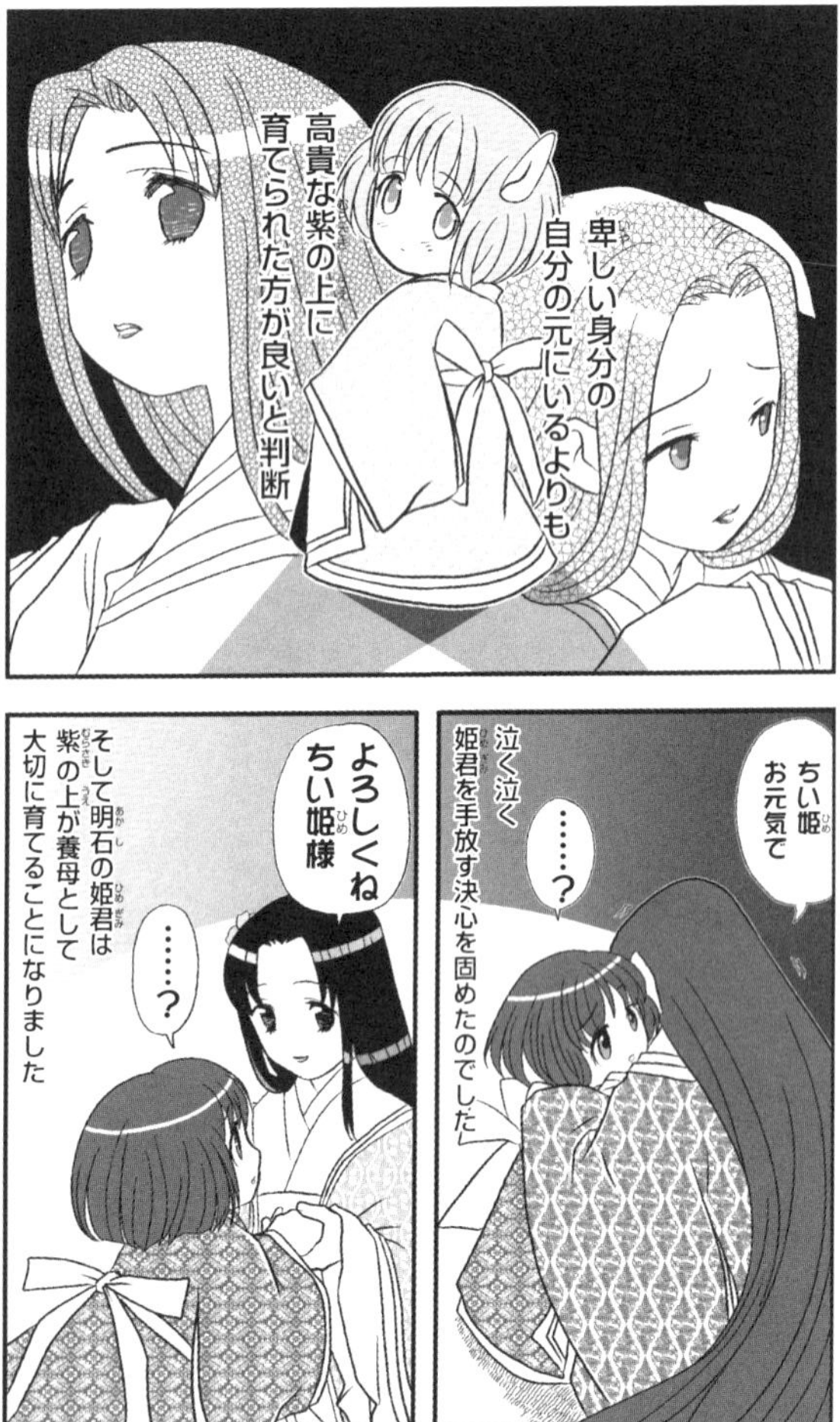
卑《いや》しい身分の
自分の元にいるよりも
高貴な紫《むらさき》の上に
育てられた方が良いと判断
ちい姫《ひめ》
お元気で
……？
泣く泣く
姫君《ひめぎみ》を手放す決心を固めたのでした
よろしくね
ちい姫《ひめ》様
……？
そして明石《あかし》の姫君《ひめぎみ》は
紫《むらさき》の上《うえ》が養母として
大切に育てることになりました

その後、光源氏35歳の秋、極楽浄土のような六条院が完成、明石の君も冬の町に移り住みます。そして光源氏39歳の時、この六条院の栄華は紫の上に愛育されて美しく成長した明石《あかし》の姫君《ひめぎみ》（11歳）の入内によって、最高潮に達します。

入内の当日、姫君には養母の紫の上（31歳）が付き添いますが、途中から後見役として、生母明石の君（30歳）に交代します。明石の君は美しく成長した娘を見て涙を流し、初めて会った紫の上に長い間の養育の労苦を感謝します。

ここで二人は、互いに光源氏に愛されるだけのことはある立派な方だ、と感嘆しあいます。明石の君は、紫の上のような素晴らしい人と肩を並べることのできる幸運をしみじみとかみしめました。

その後、明石の姫君は皇子を産み、のちに明石《あかし》の中宮《ちゅうぐう》となります。光源氏に告げられた予言はこうして現実のものとなったのでした。そして、明石の中宮が第一皇子を出産した知らせを聞いた明石の入道は、かねてよりの明石一族の再興という悲願を達成し、一人静かに山奥深くに姿を消していくのでした。

＊1　住吉明神　摂津《せっつ》の国にある神社。現在の大阪市住吉区。海上交通の守護神として、また和歌の神として信仰を集めた。

＊2　結婚　初めて契った日から三日間連続で通い、女性側の親による披露の宴が行われて二人の結婚は成立する。

＊3　占い師の予言　占い師の予言どおりになる。

・冷泉帝（藤壺との不義の子）↓帝

・明石の中宮（明石の君との子）↓后（今上帝の后）

・夕霧（葵の上との子）↓太政大臣

ダイジェスト明石の君

1. 父明石の入道の厳しい教育を受けて成長。
2. 光源氏が明石流謫中に愛し合い、姫君（後の明石の中宮）をもうける。
3. 身分をわきまえ将来を考えて姫君（後の明石の中宮）を紫の上に託す。
4. 六条院で冬の御方として厚遇される。
5. 姫君（後の明石の中宮）が東宮に入内する際再会し、紫の上にも会う。
6. 光源氏亡き後は孫に囲まれて平穏な生活を送る。

玉の輿ストーリー

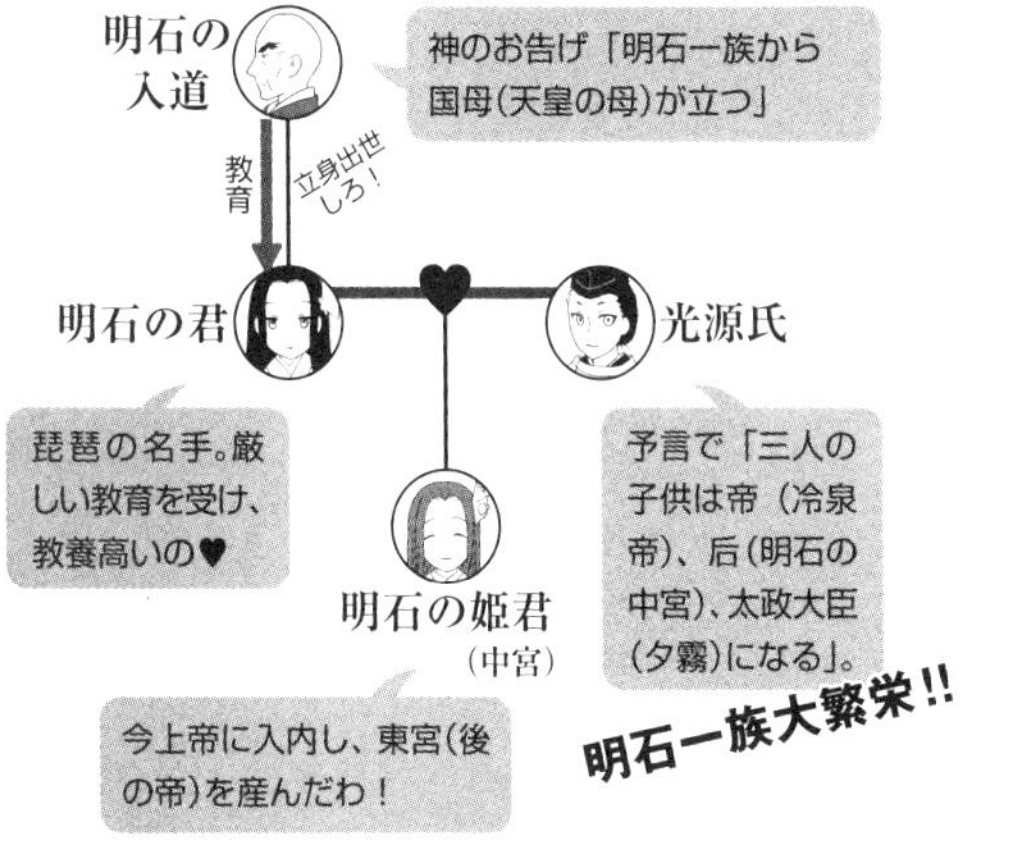
明石の入道
神のお告げ「明石一族から国母(天皇の母)が立つ」
教育
立身出世しろ！
明石の君
光源氏
琵琶の名手。厳しい教育を受け、教養高いの♥
予言で「三人の子供は帝（冷泉帝)、后(明石の中宮)、太政大臣(夕霧)になる」。
明石の姫君
(中宮)
今上帝に入内し、東宮(後の帝)を産んだわ！
明石一族大繁栄!!

13

花《はな》散《ちる》里《さと》

なつかしく心ばへの柔らかならむ人

……心ひかれる様で気だてのやさしい人

花散里

桐壺帝の麗景殿の女御の妹。光源氏の六条院に迎えられ夕霧や玉鬘の養母役を果たす。

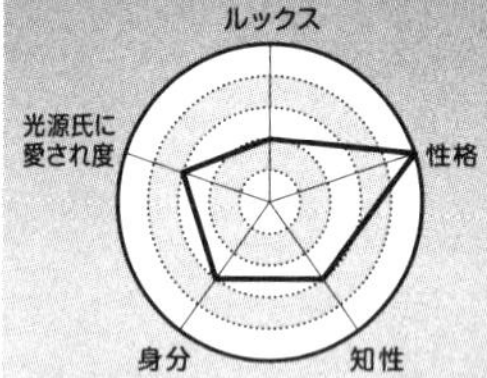

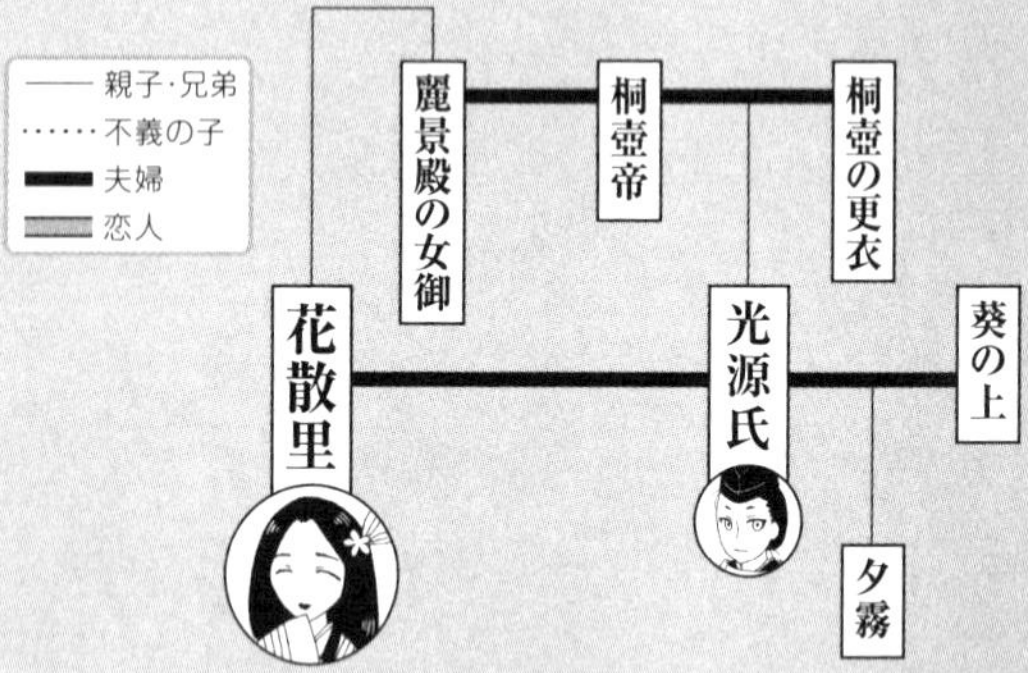

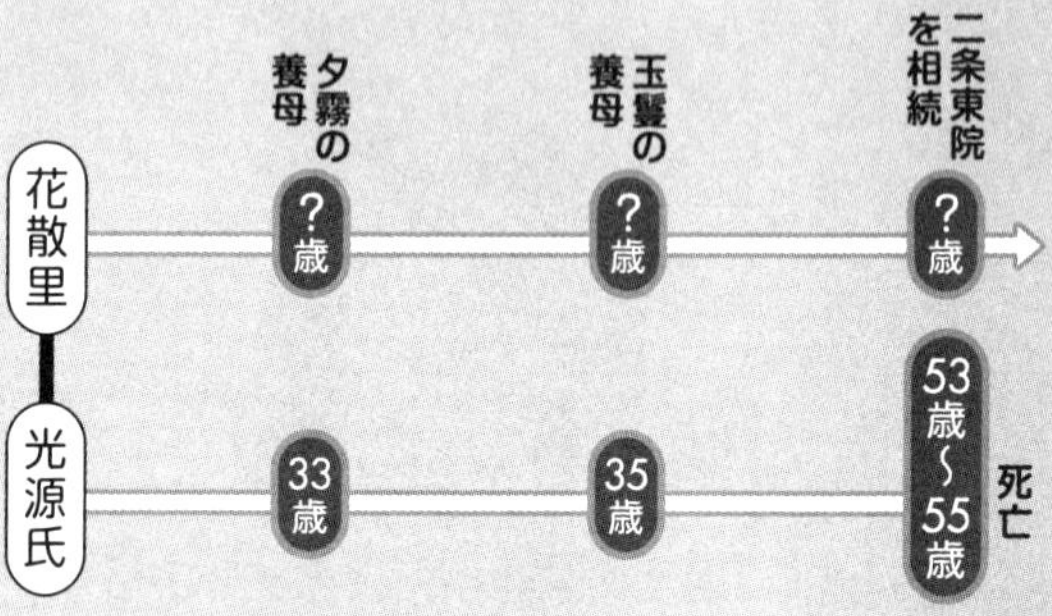

花散里物語

花散里《はなちるさと》と言えば「良妻賢母」です。そして光源氏が苦しい境遇に立たされた時には、精神的な支えとなり、一生信頼関係を保ち続けた稀有《けう》な女性です。花散里の登場は11巻目にあたる「花散里」で、光源氏が訪問するところから始まります。

光源氏が23歳の秋、父桐壺院《きりつぼいん》が死んじゃいました。ということで、政治の実権が義兄の朱雀帝《すざくてい》に移ります。そのバックには、右大臣《うだいじん》とあのこわ〜い弘徽殿《こきでん》の大后《おおきさき》がいるわけで、光源氏にとっては肩身のせまい状況になったわけです。

そんな時に、光源氏の義母であり永遠の恋人藤壺《ふじつぼ》（29歳）が出家してしまいます。

絶望的な気持ちの光源氏は朧月夜《おぼろづきよ》とスキャンダルを起こし、政治的立場が大ピンチになってしまいます。疲れ果てた光源氏は、癒しを求めて花散里邸を訪れます。

花散里という人は、父桐壺院の妻の一人である麗景殿《れいけいでん》の女御《にょうご》という人の妹です。光源氏はこの姉妹と仲良しで、桐壺院亡き後、生活の援助もしていました。特に花散里とは、かつて愛を交わしたこともある関係でした。

五月雨《さみだれ》の晴れ間に、花散里邸を訪れた光源氏は歌を詠んだりして、古きよき時代をしみじみと語り合います。この二人は、肉体関係を超越した、精神的なところで結ばれている夫婦だったんです。というか、外見的には光源氏の好みではなかったのかも……。

光源氏が須磨に退居している間も、花散里と手紙の交換をし、生活の面倒もしっかり見ます。

その後、明石から帰ってきた光源氏（28歳）が久しぶりに花散里邸を訪問すると、荒れた邸で光源氏だけを頼りとして生活していた花散里は、他の女性のようにスネたりすることなく温かく彼を迎えます。

光源氏が政界に復帰して3年。今や光源氏（31歳）は内大臣にまで出世し、豪華な二条東院が完成します。その西の対に花散里は迎え入れられて優雅な生活を送ります。

花散里は光源氏にとって大切な妻の一人でした。もちろん紫《むらさき》の上《うえ》や明石《あかし》の君《きみ》なども大切なのですが、花散里は光源氏を精神的に支えてくれる母親みたいな存在として不可欠な女性でした。

母親といえば、花散里は光源氏と葵《あおい》の上《うえ》との息子夕霧《ゆうぎり》の養母となります。生まれてすぐに母葵の上を失った夕霧は、しばらく祖母（左大臣の妻）に育てられていました。しかし息子の養育を任せられるのは花散里しかいない、と判断した光源氏によって、夕霧（12歳）は二条東院にいる花散里に預けられます。

よろしくね 夕霧《ゆうぎり》さま
ハイッ
なーんだ
なんかダサイ…
ガッカリ
あんまり美人じゃないな
父上のカノジョなのに…
どうぞ何でも言って下さいませね
でもやさしそうな人だな
父上が大事になさるのもわかるような気がする…

その後、光源氏（35歳）の栄華を象徴する六条院が完成しました。六条院は240メートル四方という大邸宅です。

花散里は、その東北の町に迎え入れられます。夏をこよなく愛したことから「夏の御方《おんかた》」と呼ばれるようになります。庭のテーマは「涼しげな夏」ということで庭には竹が植えられ、涼しい風が吹き通るように造られていました。また、橘《たちばな》や撫子《なでしこ》、薔薇《ばら》の花なども咲き乱れた美しく風情のある様子は、心和む山里のようでした。

花散里は、さらに光源氏の娘として引き取られた玉鬘《たまかずら》の世話も引き受け、その養母役を立派に果たします。光源氏の恋人としてよりも、夕霧や玉鬘の母親役として大活躍したのが花散里の特徴でしょう。

花散里はある意味、光源氏にとっても母親の役割を果たしていたのかもしれません。その証拠に、光源氏がさんざん浮気をしても全く動じる様子がなく、逆にあたふたしている光源氏のことをおもしろく思ったりする余裕すらあった花散里なのでした。

ダイジェスト花散里

❶ 桐壺帝の麗景殿の女御の妹。

❷ 母のいない夕霧や玉鬘の養母役。

❸ 容貌はイマイチだが人格円満で穏やかな性格。

❹ 二条東院を経て六条院の夏の町に迎えられる。

❺ 光源氏とは肉体よりも精神的につながる。

❻ 光源氏にとっては困った時の花散里だのみ。

東京ドームより広い！

六条院 ～この世の極楽～

● 四季の町からなっている

● 広さ約240m四方

㊏東北の町 花散里 夕霧 玉鬘	㊀西北の町 明石の君 ↑身分上、小さく作られている
㊎東南の町 光源氏 紫の上 明石の姫君	㊍西南の町 秋好中宮 （里帰り用）

14

秋《あき》好《このむ》中《ちゅう》宮《ぐう》

らうたげにてなまめかしき人

……いじらしくてみずみずしく美しい人

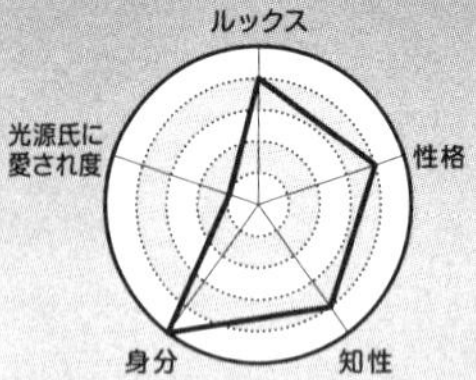

秋好中宮（梅壺の女御）

六条御息所と故前東宮との間の娘。伊勢の斎宮となり母と下向。帰京後、光源氏の後見で冷泉帝に入内する。

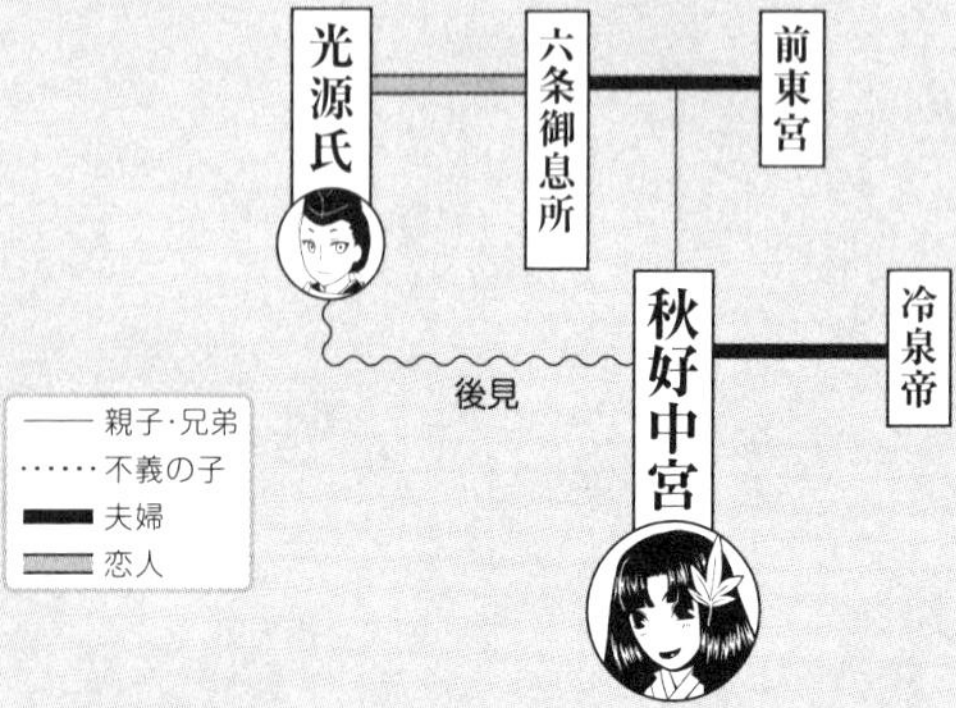

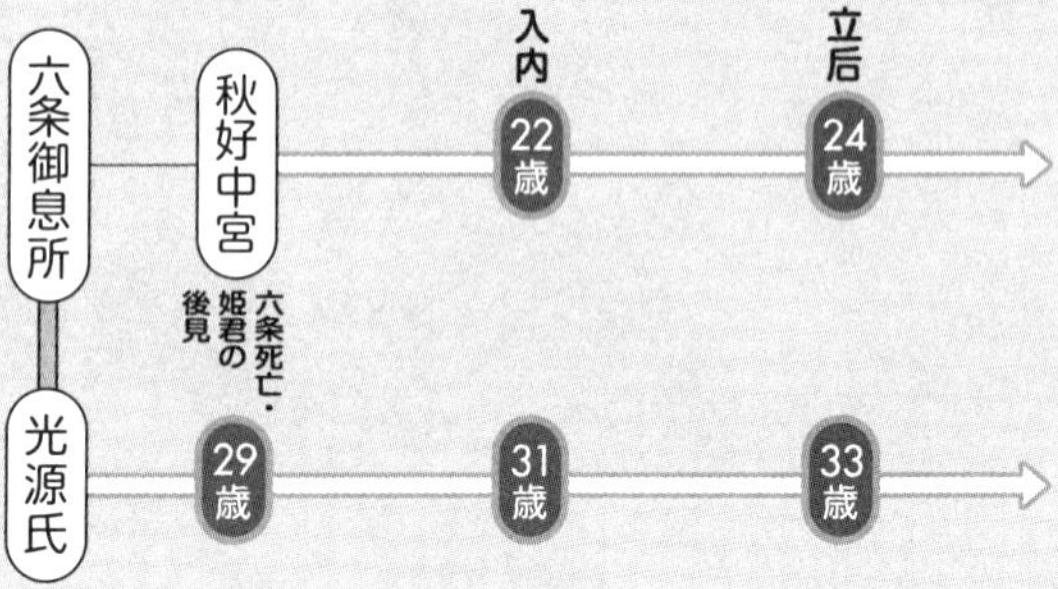

秋好中宮物語

秋好中宮《あきこのむちゅうぐう》はあの六条御息所《ろくじょうのみやすんどころ》の娘です。六条御息所は大臣の娘で、16歳で東宮（桐壺帝《きりつぼてい》の弟）の妃として宮廷入りし、娘を産んだ後に20歳で未亡人となっていました。そして光源氏の愛人となったのです。

その後、光源氏（23歳）との愛の破綻《はたん》が決定的になった六条御息所（30歳）は想いを断ち切るために、伊勢の斎宮となった娘について伊勢に行ってしまいました。通常、娘の斎宮に母がついて行くことはありませんから、これは光源氏と離れたいがための決断でした。

やがて、六年間の務めを終えた斎宮と六条御息所は共に帰京します。そして六条の旧邸を修理し、優雅に悠々自適の生活を送っていましたが、ついに六条御息所（36歳）は病気になり、亡くなってしまいます。光源氏は六条御息所から遺言として娘の後見を頼まれます。生前の六条御息所とはいろいろなことがあった光源氏ですが、六条御息所の最期の願いということで、その遺言を快く引き受けます。そして斎宮を養女として引き取り、冷泉帝《れいぜいてい》の妃として入内させます。

斎宮は22歳で入内して梅壺《うめつぼ》の女御《にょうご》となりますが、冷泉帝はまだ13歳です。しかもすでに女御が一人、入内していました。なんと弘徽殿《こきでん》の女御《にょうご》（14歳）という名の女性です。が、あのこわ～いお方ではなく、かつての頭《とう》の中将《ちゅうじょう》、今の権中《ごんちゅう》納言《なごん》の娘です。

冷泉帝は、後から入内した梅壺の女御のことを好きになります。梅壺の女御は年上のわりに小柄で、おっとりとした優しい性格をしていたのです。弘徽殿の女御のほうも大事にしますが、梅壺の女御と絵を描くことが楽しくて、こちらに通い詰めるようになりました。そうなると黙っていないのが弘徽殿の女御の父、権中納言です。娘が中宮になることに自分の出世がかかっています。また、ライバル光源氏に負けるのもしゃくにさわります。一方の光源氏とて同じ心境です。

その意地の張り合いから、ついに
「梅壺《うめつぼ》の女御《にょうご》vs弘徽殿《こきでん》の女御《にょうご》」で
絵合《えあわせ》をすることになります
権中納言《ごんちゅうなごん》
冷泉帝《れいぜいてい》
光源氏
わく
わく
梅壺《うめつぼ》
弘徽殿《こきでん》
これは女の戦い
というよりも
そのバックについている
光源氏と権中納言《ごんちゅうなごん》
の戦いでした！
さらに朱雀院《すざくいん》や弘徽殿《こきでん》の大后《おおきさき》や朧月夜《おぼろづきよ》
まで巻《ま》き込《こ》んだ
宮廷《きゅうてい》全体の対決となります
光源氏派　朱雀院《すざくいん》
権中納言派《ごんちゅうなごんは》　朧月夜《おぼろづきよ》

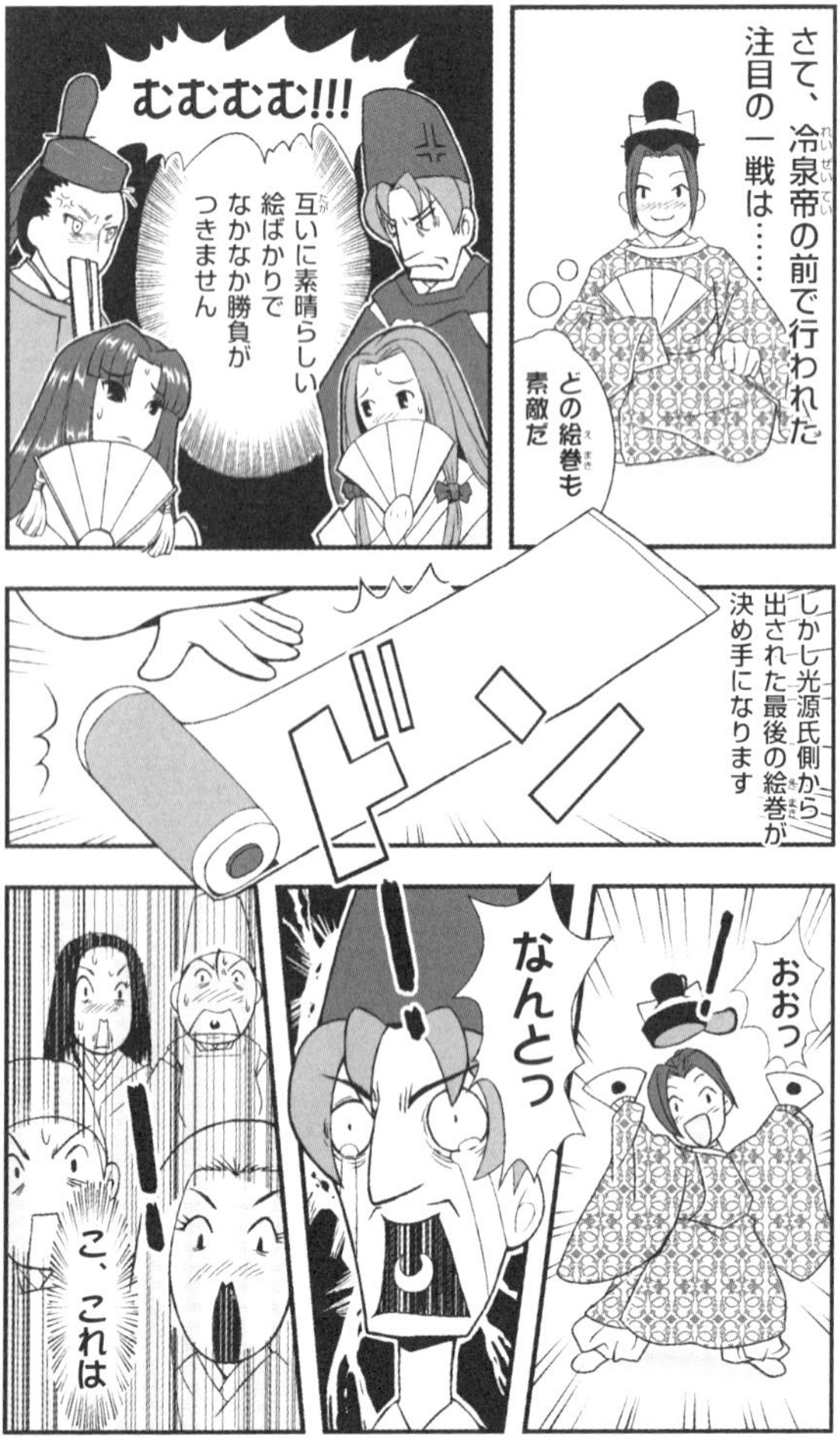

さて、冷泉帝《れいぜいてい》の前で行われた注目の一戦は……
どの絵巻《えまき》も素敵だ
むむむむ!!!
互《たが》いに素晴らしい絵ばかりでなかなか勝負がつきません
しかし光源氏側から出された最後の絵巻《えまき》が決め手になります
ドーン
おおっ
!
なんとっ
こ、これは

▼ 本当は静かな海なのです(笑)

月日が流れ、梅壺の女御（23歳）が二条院に里帰りをしてきました。光源氏（32歳）は、彼女が母親から受け継いだ知的な美しさをもっていたために、たびたびムラムラしちゃいます。

その心を抑えるために、一生懸命、六条御息所の遺言を思い出して我慢します。というのは、けっして娘には手を出さないで、と言われていたのです。さすがの光源氏も六条御息所の遺言まで無視するわけにはいきませんでした。

そんなムラムラをごまかすために、光源氏は梅壺の女御に「春と秋とどっちが好きですか～？」なんてとぼけた質問をします。梅壺の女御は、母親である六条御息所が亡くなった秋がやはり格別だわ～、と答えます。このことから、後に中宮になった梅壺の女御は秋好中宮と呼ばれるようになりました。

秋好中宮（26歳）が光源氏の六条院の西南の町に住むようになってからのこと。秋好中宮の庭には紅葉が植えられ、泉から遣水《やりみず》[*1]がひかれ、そのせせらぎの音が響く秋の野の風情漂うものでした。

その秋、秋好中宮（26歳）が紫の上《むらさきうえ》（27歳）に紅葉や色とりどりの秋の花をプレゼントします。もちろん「秋」こそ風情として一番の季節だと言うためです。

それを受け取った紫の上は、すぐに岩と松でできた細工*2と和歌を返します。「紅葉なんて軽々しいですわ。春の緑は永遠なるものですよ」と、「春」の素晴らしさを歌いあげます。

こうして光源氏も見守る中、春秋の対決は情趣あふれるものとなったのでした。

＊1　遣水　寝殿造の様式の庭の中に外から水を引き入れて作った細い流れ。

＊2　岩と松でできた細工　秋好中宮が紅葉を贈ってきたのに対して、永遠に変わらないものの象徴として「岩」と「松」の組み合わせで作った細工物。

ダイジェスト 秋好中宮

1. 六条御息所と前東宮との間の娘。
2. 朱雀帝の時代に伊勢で斎宮を務める。
3. 母六条御息所の遺言によって光源氏に託される。
4. 光源氏の養女となり冷泉帝に入内し中宮へ。
5. 六条院を里邸とし六条院の栄華の礎をなす。
6. 光源氏との春秋優劣論で、母六条御息所の亡くなった秋を支持する。

冷泉帝をめぐる絵画対決 ～絵合～

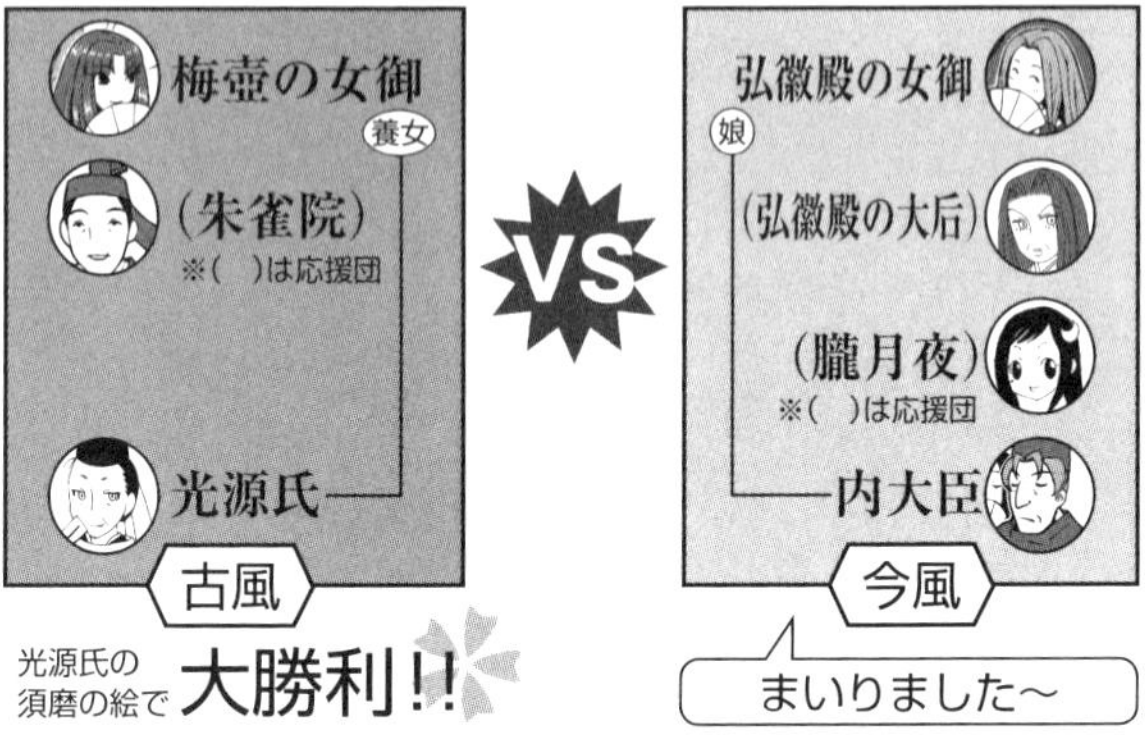

15

玉《たま》鬘《かずら》

ゆゆしくきよらなる幸ひ人

……素晴らしく美しい幸福な人

玉鬘

頭の中将と夕顔の娘。夕顔の死後、筑紫に下るが、後に光源氏に引き取られ鬚黒の大将と結婚する。

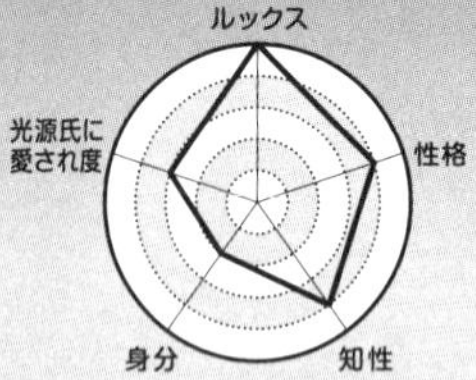

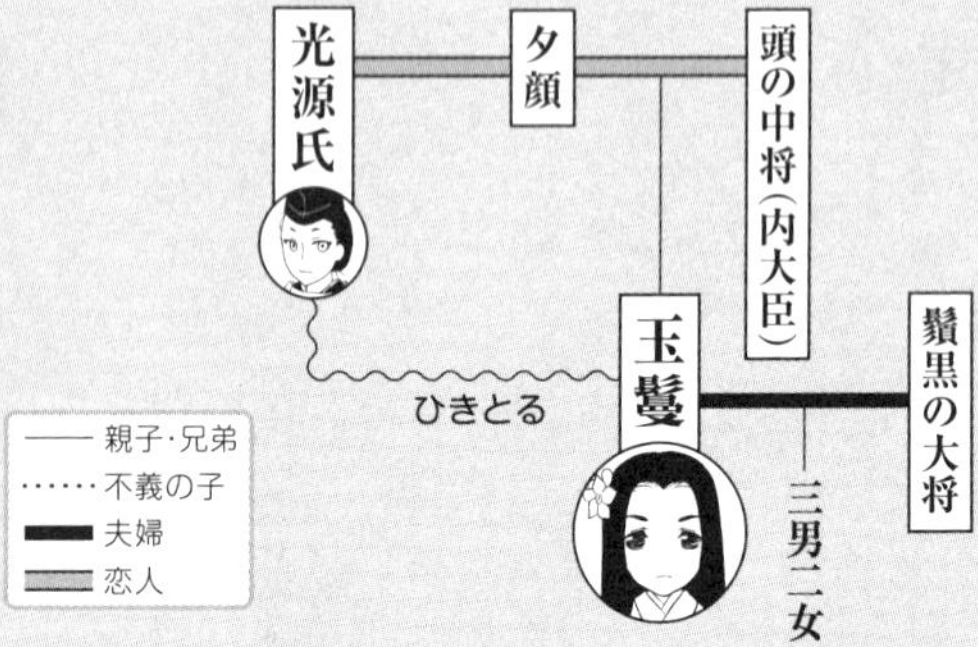

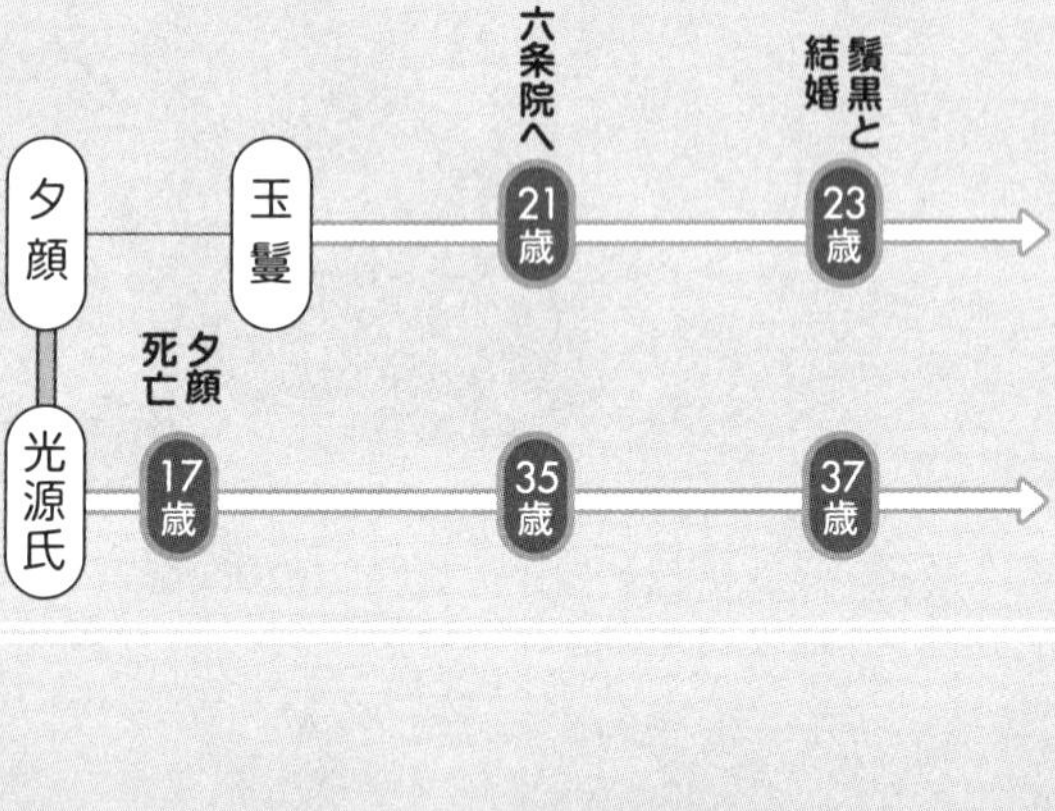

玉鬘物語

玉鬘《たまかずら》……亡き夕顔の忘れ形見です。そして玉鬘の数奇な運命は、『源氏物語』の中でも「玉鬘十帖《じゅうじょう》」*1と名前がつくほどの長い物語です。

光源氏35歳の時に、この世の極楽とも呼べる六条院が完成しました。もちろん光源氏にとっての極楽、ハーレムですが……、好きな女性を集めて春夏秋冬*2の町に配置するなんて、まさに栄華を極めた光源氏です。

そんな光源氏は、かつての恋人、夕顔《ゆうがお》のことを思い出していました。あれは光源氏が17歳、夕顔が19歳の時のこと。二人の恋愛はまさに運命の糸に操られたかのように激しく燃え、そして残酷な結末を迎えたのでした。夕顔はわずか19歳でその生涯を閉じたのです。そして残されたのが玉鬘、つまり頭《とう》の中将《ちゅうじょう》と夕顔との間に生まれた女の子でした。

夕顔が光源氏との密会中に六条御息所《ろくじょうのみやすんどころ》に呪い殺された事件は、秘密裏に処理されました。そこで夕顔の家に残された玉鬘の乳母は、夕顔と侍女右近《じじょうこん》（22歳）の行方がわからず困り果てていました。このままではどうしようもないので、乳母は夫の任務に従って、3歳になる玉鬘をつれて九州に下っていきました。

こんな事情とも知らず、光源氏と侍女右近のほうは夕顔の死にショックを受け、その葬儀などに明け暮れていました。そして、ようやく落ち着いた頃には玉鬘は行方不明、という事態になっていたのでした。

それから18年、光源氏も35歳になりました。数々の試練を経て栄華を極めている中、玉鬘のことを思い出す余裕も生まれたのでした。

またもう一人、玉鬘のことを気にかけている人がいました。それは当時夕顔に仕えていた侍女右近です。夕顔の死を秘密にするために、右近は夕顔の死後、光源氏に仕えていました。

さて一方、九州へと下った乳母は美しく成長した玉鬘（21歳）を連れて上京したいと思いつつも、かなわずにいました。こんな美人が田舎にいるのはもったいない……、しかも父親は高貴な人なのですから。

ということで玉鬘の美しさは世間でも評判になり、多くの青年から求婚されていました。といっても、しょせんは九州の田舎のことです。ちょっと品格が落ちます。中でも肥後《ひご》（今の熊本県）の豪族大夫監《たゆうのげん》は、田舎者丸出しで強引に迫ってきます。玄関先で下手な和歌を詠んで玉鬘にプロポーズです。

これに困った乳母は玉鬘を連れて九州をたち、やっとの思いで都にたどり着いたのでした。

玉鬘《たまかずら》の乳母《めのと》は
玉鬘《たまかずら》の幸せを願うために
大和《やまと》の長谷寺《はせでら》の
初瀬《はつせ》観音《かんのん》にお参りにいきます
すると
早速開運です！
なんと
同じく玉鬘《たまかずら》のことを思って
祈願《きがん》に来ていた
侍女《じじょ》右近《うこん》と
18年ぶりに
再会したのです
もしや
あなた方は…

右近《うこん》は主人夕顔《ゆうがお》の
死のことや
光源氏が
玉鬘《たまかずら》を捜《さが》していること
などを話します
乳母《めのと》は玉鬘《たまかずら》の
実の父親である
内大臣（昔の頭《とう》の中将《ちゅうじょう》）に
娘《むすめ》として迎《むか》えてもらいたい
と右近《うこん》にお願いしました
そうして右近《うこん》は
玉鬘《たまかずら》に再会し
あの紫《むらさき》の上《うえ》にも劣《おと》らないほどの
気品をそなえた様子に驚《おどろ》きます
お美しく
なられて…
ホロリ…

右近は光源氏に早速このことを報告します。もちろん光源氏は大よろこびです。夕顔のゆかりの人～。やったとばかりに実父内大臣《ないだいじん》にも知らせずに、自分の娘として玉鬘を六条院に引き取ってしまいます。光源氏は玉鬘を花散里《はなちるさと》のいる夏の町に預け、大切に世話をします。

突如、栄華の六条院に現れた玉鬘は、あっという間に有名になります。太政大臣《だじょうだいじん》光源氏の娘であり、教養が高く素晴らしい美しさ……、貴公子たちはみな玉鬘にハートマークです。中でも好き者の螢《ほたる》の宮《みや》、柏木《かしわぎ》（頭《とう》の中将《ちゅうじょう》の息子）、鬚黒《ひげぐろ》の大将《たいしょう》（東宮《とうぐう》の叔父）ががんばっていました。柏木は玉鬘が実の姉とも知りもせず……。逆に夕霧は実の姉だと信じているので、手が出せません。

そして、玉鬘に夢中なのが、ここにもいます。好き者代表の光源氏です。玉鬘に教育をするふりをして、一緒に添い寝なんかしてヤラシイ親父です。しかし玉鬘は光源氏の好色めいた態度をうざ～く思います。玉鬘が自分のものにはならないと知った光源氏は、本命の螢の宮をからかうことにしました。暇なんだね～。

ある夜、螢の宮が玉鬘の所にやってきた時に、光源氏が螢を部屋いっぱいに放ったのです。螢の光で映し出された玉鬘のこの世のものとは思えない美しさに、螢の宮はクラクラ。光源氏の悪巧みです。螢の宮はまんまと光源氏の思うツボにはまり、玉鬘への想いを煽られ、思わず歌を送ります。ところが玉鬘は冷たく返歌します。螢の宮は、がっくりです。

夏のある日、玉鬘が光源氏に「物語」について問いかけます。光源氏が「物語なんて作り物だから興ざめですよ」と答えると玉鬘は猛反撃に出ます。気圧《けお》された光源氏はあわてて物語擁護論[*3]を述べますが、結局玉鬘に一本取られて終わります。

12月のある日、冷泉帝《れいぜいてい》の大原野行幸《みゆき》[*4]があり、玉鬘も見物に出かけます。そこで初めて実の父内大臣の姿を見た玉鬘は、その立派な姿にカンド～します。なんて素敵な人なんでしょう……。逆に鬚黒の大将は武骨な感じだったので、すごくガッカリしてしまいます。

翌年23歳になった玉鬘はまだ裳着《もぎ》[*5]（成人式）を済ませていなかったので、早速行なうことになりました。光源氏はここで突然、腰結役《こしゆいやく》[*6]を内大臣に頼みます。驚いたのは内大臣です。何の関係で自分が腰結役なのか、ということで一度は断ります。が、光源氏が内大臣にようやく真実を話し、ここで実父内大臣と玉鬘の初対面となります。

20年ぶりにわが娘に再会した内大臣は、涙を抑えることができませんでした。久々の対面、無事に美しく成長していることへの感動もありましたが、放っておいたわりに、こんなにかわいく育つなんてラッキ～と思ったりもします。玉鬘のほうも実父との対面に感激しますが、光源氏のほうを「父」だと思っている自分に気がつきます。

世間にもその話は伝わります。焦ったのは柏木です。そうと知らずに実の姉に言い寄っていたことになります……。夕霧もショックを受けた一人です。姉だと思っていたからこそ我慢していたのに……。そこで急いで玉鬘に藤袴《ふじばかま》の花を贈ってアピールしますが、時すでに遅し。

美女玉鬘《たまかずら》（23歳《さい》）が
宮廷《きゅうてい》に出仕となると
間違《まちが》いなく冷泉帝《れいぜいてい》に
愛されることになります
となると
今まで
言い寄っていた
男たちは
手が出せません
そこで行動にでたのが
ちょっと
待ったーっ
無骨男《ぶこつおとこ》鬚黒《ひげぐろ》の大将《たいしょう》（32歳）
玉鬘《たまかずら》は大ショック！
してやったりの
鬚黒《ひげぐろ》の大将《たいしょう》は大喜び
ドカーン
強引に押《お》し入《い》り
玉鬘《たまかずら》をものにして
しまったのです！
あ〜れ〜
ショック
なんで
どうして…

もちろん
光源氏も
冷泉帝《れいぜいてい》も
大ショック
残念だな…
がっくり
内大臣だけは
意外なことに
賛成です
ん？
いいんじゃない？
こうなった以上
玉鬘《たまかずら》は鬚黒《ひげぐろ》の大将《たいしょう》の奥《おく》さんに
なったわけですが
トーゼン打ち解けるつもりはありません
しかし鬚黒《ひげぐろ》の大将《たいしょう》は
真心を込《こ》めて玉鬘《たまかずら》に接します

実はこの鬚黒の大将には、もともと北《きた》の方《かた》がいました。紫の上の異母姉なのですごく美人です。ところが不幸なことに、この人は物の怪におかされていてノイローゼ状態。鬚黒の大将との夫婦の仲も、すでに終わっていました。

ある時、鬚黒の大将が玉鬘のもとに出かけようとした夜、物の怪にとりつかれた北の方は、鬚黒の大将に向かって灰を浴びせます。この事件によって、この夫婦はついに離婚することとなりました。北の方は娘たちを連れて実家に戻っていきます。

晴れて鬚黒の大将の正妻となった玉鬘は、熱心に愛を注いでくれる鬚黒の大将にしだいに打ち解けるようになります。見た目は不格好でも心は優しい男だったんですね。

こうして玉鬘は鬚黒の大将との間に三男二女をもうけ、幸せになっていきます。魔性の女としてフェロモンを振りまいた玉鬘は、予想外の相手と結婚し、さらによき妻・母として家庭に収まる、という意外な結末を迎えます。

＊1　玉鬘十帖　「玉鬘」の巻以降、「初音《はつね》」「胡蝶《こちょう》」「螢《ほたる》」「常夏《とこなつ》」「篝火《かがりび》」「野分《のわき》」「行幸《みゆき》」「藤袴《ふじばかま》」「真木柱《まきばしら》」の十帖を「玉鬘十帖」と呼ぶ。

＊2　春夏秋冬の町　なんせ広い六条院。240メートル四方だから、東京ドームより広い。そこで六条院をほぼ四分割してそれぞれに女性を配し、女性のイメージに合った季節を各町にあてはめた。「春の町」…紫の上と明石の中宮　「夏の町」…花散里　「秋の町」…秋好中宮　「冬の町」…明石の君

＊3　物語擁護論　当時「物語」は、漢詩や和歌のような「文学」ではなく、婦女子のなぐさみ程度に思われていた。しかし「螢」の巻で、光源氏は物語の価値を和歌や日本書紀と同等かそれ以上だと述べ、物語の架空性も人間の真実を言うためのものだと「物語を擁護」している。

＊4　行幸　帝のおでかけ。「御幸」と書くと、院（上皇）・法皇・女院のおでかけを表す。

＊5　裳着　女子の成人式。12～14歳ごろ、配偶者の決まった場合に行うことが多い。

＊6　腰結役　裳の腰ひもを結ぶ「腰結役」は、身分の高い人間が果たす。

ダイジェスト玉鬘

1. 頭の中将と夕顔との間の隠し子で筑紫《つくし》で育つ。
2. 18年ぶりに夕顔の侍女右近と劇的な再会。
3. 光源氏に引き取られ六条院のアイドルに。
4. 裳着の日に実父内大臣と20年ぶりに対面。
5. 鬚黒の大将に強引に迫られ、いやいや結婚。
6. その後は三男二女をもうけ平穏に暮らす。

玉鬘にホレた♥男たち

実姉だと思っていたのに

未出走	5	4	3	2	1
ー	除外	大穴	本命	対抗	超大穴
夕霧	柏木	鬚黒の大将	冷泉帝	螢の宮	光源氏
	実姉とも知らず…	武骨者ですが…	僕に入内して！	螢の光で見た顔が	あわよくば

大夫監

←筑紫時代

16

女《おんな》三《さん》の宮《みや》

いはけなくあえかなる人

……子供っぽくきゃしゃな人

女三の宮

朱雀院の第三皇女。光源氏に降嫁するが幼稚で失望され、柏木と密通し不義の子薫君を出産後出家。

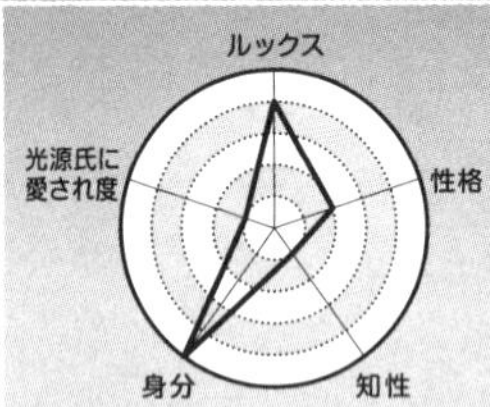

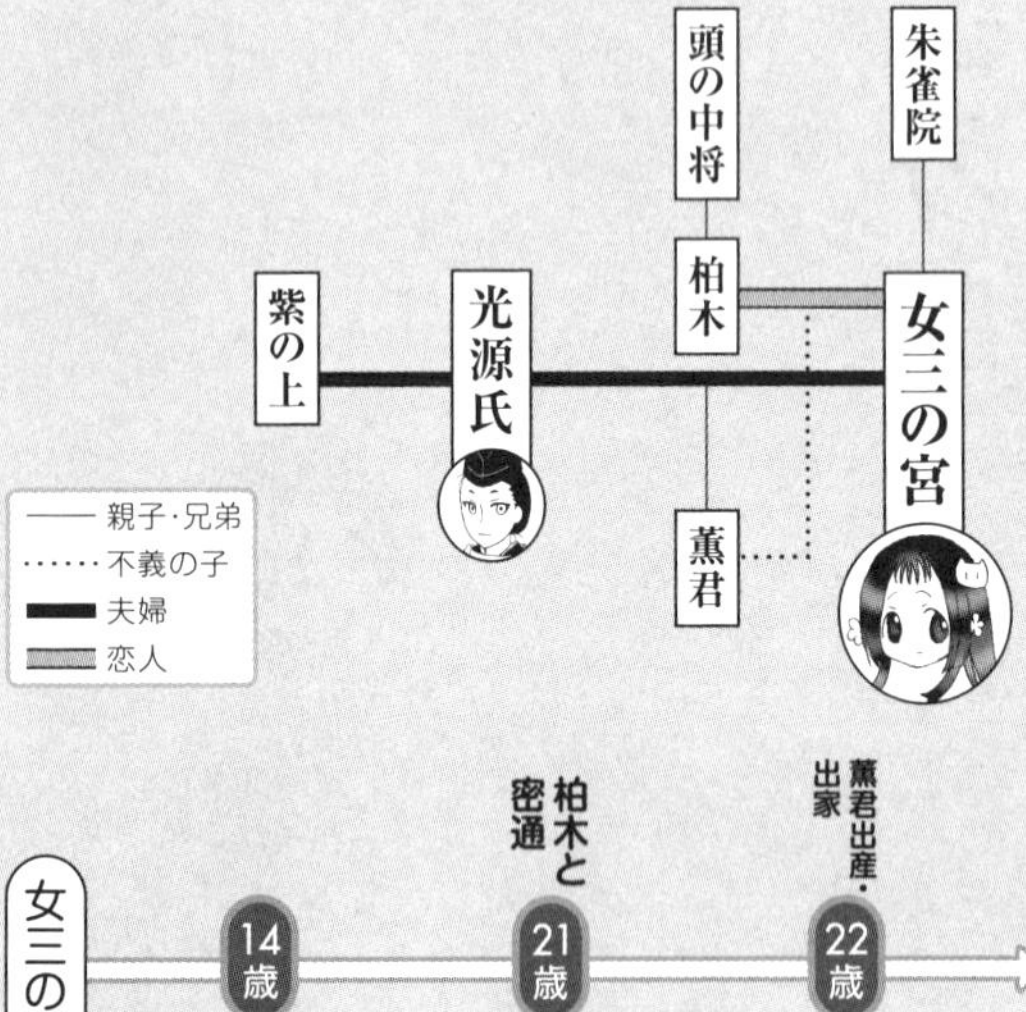

女三の宮物語

女三《おんなさん》の宮《みや》……、この女性をめぐる物語では、多くの人がまき込まれるような形で不幸になっていきました。そんな女三の宮が登場するのは、『源氏物語』の第二部の始めとされている34巻「若菜上《わかなじょう》」です。

光源氏は40歳の祝賀を来年にひかえ、この世の極楽浄土のごとき六条院の栄華の中にありました。ある日、兄朱雀院《すざくいん》（42歳）に光源氏はとんでもないことを頼まれます。なんと朱雀院の最愛の娘、女三の宮を嫁にもらってくれと頼まれたのです。この時、女三の宮はまだ13歳、光源氏とは20歳以上もの年の差です。

朱雀院（42歳）は冷泉帝《れいぜいてい》に譲位した後、しだいに病気が重くなり出家を決意していましたが、母親の亡くなってしまっている最愛の娘、女三の宮の結婚問題がとっても心配でした。花婿候補の夕霧《ゆうぎり》（雲居《くもい》の雁《かり》とすでに結婚）、螢の宮《ほたるのみや》（光源氏の弟）、柏木《かしわぎ》（頭の中将《とうのちゅうじょう》の息子）たちは女三の宮の相手としては物足りず、適任者とは言えませんでした。

そこで朱雀院が思いついたのが、39歳の光源氏だったのです。今や准太上天皇《じゅんだいじょうてんのう》*1として栄華の絶頂にある義弟光源氏ならば安心できる。さらに、光源氏がかつて幼かった紫の上《むらさきのうえ》を引き取り、理想的な妻に育て上げたということもその理由でした。

驚いた光源氏は、当然断ります。だって、ジジイだし、生涯の伴侶と決めた紫の上《むらさきのうえ》（31歳）がいるし。しかし、死にかけている兄を目の前にして、結局断り切れず承諾してしまいました。もう一つの理由として、女三の宮があの藤壺《ふじつぼ》の姪であるという理由も、もちろんありました。

40歳になった光源氏に、たった14歳の女三の宮が正妻として六条院に降嫁しました。ショックを受けたのはもちろん、それまで六条院の女主人だった紫の上（32歳）です。

今まで光源氏の正妻格として
君臨してきた紫《むらさき》の上《うえ》でしたが
実は幼い頃《ころ》誘拐《ゆうかい》同然に
光源氏に連れてこられて
奥《おく》さんになっていた
だけの存在でした

そんなこんなで、紫《むらさき》の上《うえ》は女三《おんなさん》の宮《みや》の降嫁《こうか》に
メチャクチャ焦《あせ》ってしまいますが
正妻じゃナイし
身分低いし
（式部卿の宮の脇腹）
若くナイし
にっこり
そこは品位ある
大人《おとな》の女
18歳《さい》も年下の女の子に
嫉妬《しっと》するわけにはいきません
哀《かな》しみを隠《かく》して何気なく振舞《ふるま》います

光源氏が女三《おんなさん》の宮《みや》の降嫁《こうか》を引き受けたのは女三《おんなさん》の宮《みや》が永遠の恋人《こいびと》藤壺《ふじつぼ》の姪《めい》だった事もありました
40歳《さい》にして色めき立つ光源氏…
でも実際は全《ぜん》～然《ぜん》似ていませんでした
しかもなんか幼稚《ようち》くさくて
ボーっとしています
ぼーーー。
お人形遊びが好きです…
がっくり
ああいうの見ちゃうと紫《むらさき》の上《うえ》はやっぱりイイ女だよなあ…
うんうん
女三《おんなさん》の宮《みや》の降嫁《こうか》によって逆に今まで以上に紫《むらさき》の上《うえ》に愛情を感じる光源氏でした

しかし、逆に紫の上のほうは光源氏への信頼感を失っていきます。愛ってはかないな〜としみじみと感じ、出家を考えるようになってしまいます。

そんな中、光源氏は紫の上と女三の宮の板ばさみ状態から逃避するかのように、久々にかつての恋人・朧月夜《おぼろづきよ》を訪ねたりします。

みんなが冷めている頃、一人熱い男がいました。それがこれから事件を起こす柏木（23歳）です。太政大臣《だじょうだいじん》（頭の中将）の長男である柏木は、かねてから女三の宮に想いをよせていたのですが、光源氏と結婚しちゃって大ショックです。しかし、女三の宮が幸せではないという噂を聞いて、ならば私が、な〜んて思うわけです。

そんなある日、柏木（25歳）、夕霧（20歳）、螢の宮らの貴公子たちが、六条院で*2蹴《け》鞠《まり》をしていました。柏木がなんとな〜く女三の宮の部屋のほうを眺めていると、な、な、なんと‼ *3唐猫《からねこ》が走り出した時に御簾が巻き上がってしまったのです。そこには女三の宮（15歳）が長く美しい黒髪をなびかせながら気高く可憐な姿で立っていました。それを見た柏木はもう彼女の虜《とりこ》。もう誰も彼を止められません。イケイケ！

しかし、相手は准太上天皇光源氏の正妻です。簡単には手を出せない柏木は、なんと、その時の唐猫を手に入れてかわいがります。女三の宮がかわいがっていた猫、ということで代理愛ですね。猫を愛する男、柏木。

さて月日は流れます。

朱雀院の50歳[*4]の祝賀に先立って行われたリハーサルで、六条院の女性たちによる[*5]女楽《おんながく》が催されます。明石《あかし》の君《きみ》（38歳）は琵琶、紫の上（39歳）は和琴《わごん》、明石《あかし》の女御《にょうご》（18歳）は箏《そう》、そして女三の宮（21歳）は琴を演奏します。みなそれぞれに趣のある演奏をし、若い女三の宮も練習のかいあって、なかなかの腕前を披露します。

しかしその翌日、紫の上が光源氏との夫婦生活に不安を感じ、ついに病床に臥《ふ》してしまいます。出家を願い出る紫の上を、光源氏は彼女の育った二条院に移し、つきっきりで看病するようになりました。

ということは、六条院には残された女三の宮（21歳）のみ。柏木（31歳）はチャ～ンス！　とばかりに早速忍び込み、女三の宮を犯してしまいます。

しかし想いを遂げた柏木は、かなりの小心者でした。罪の恐ろしさにおののきつつ、逢う前よりももっと苦しい想いの中に落ち込んでいきます。一方の女三の宮も、あまりに突然の出来事に我が身の不運さを嘆き、光源氏に対する恥ずかしくつらい気持ちから、病床の人となってしまいます。

女三の宮の病気の知らせを聞いた光源氏は、あわてて六条院に戻ります。しかしその後、紫の上が亡くなったという知らせを受けた光源氏は急いで二条院に戻り、紫の上を生き返らせるために加持祈禱を行います。

紫の上はなんとかふんばり、生き返ることができました。光源氏はそんな紫の上を案じながらも、放っておくわけにはいかない六条院の女三の宮を見舞います。するとなんと、女三の宮は柏木との度重なる逢瀬によって妊娠していたのです。

そうとは知らない
光源氏ですが
さすがに不審《ふしん》に思います
ひぃ ふぅ みぃ… アレ?
おかしいな
紫《むらさき》の上《うえ》の看病ばっかりで
最近女三《おんなさん》の宮《みや》とは
してナイ…
はずなんだけど…
そして…
ん?
女三《おんなさん》の宮《みや》の軽率な
行動によって
光源氏は
柏木《かしわぎ》からの
恋文《こいぶみ》を
見つけてしまい
ペラ…
なっ…
全《すべ》てを知ることになります
柏木だとォ～!?

ショックを受けた光源氏は
若き日に犯した自分への
罪の報いかーなんて一瞬《いっしゅん》
思いましたが
そこは自分を棚《たな》に
上げるのが得意な彼《かれ》
やはり
悪いのは柏木《かしわぎ》と
いうことにして
徹底的《てってい》に
厳しくします
くっ
朱雀《すざく》院五十歳《さい》の祝賀の予行練習での事
いやあ
君は若くていいねえ
でも君も
いつかは私《わたし》のような
みっともない
年寄りに
なっちゃうしねー
くど くど
くど くど
ねち ねち
光源氏の招きで参加した柏木《かしわぎ》に対して
光源氏は強烈《きょうれつ》な皮肉の言葉をあびせます
さらに厳しい目つきで柏木《かしわぎ》をにらみつけます
知ってるんだぞ
俺の妻を
よくもよくもよくもよくも
寝取ったなあ
ゴゴゴゴー

そうでなくても、罪の重さに堪え切れず病気になっていた小心者の柏木は、この光源氏の言葉と態度でさらに弱り、明日をも知れぬ重病に倒れてしまいます。もう死ぬか出家しかないぞ、柏木！

一方の女三の宮も、病床の柏木から送られてきた手紙を読んで、犯した罪の重大さにおののき、自らの運命の苛酷さを哀しく思います。

その後男児（薫君《かおるぎみ》）を産んだ女三の宮（22歳）は、光源氏の冷たい態度にいたたまれない気持ちになり、父である朱雀院に出家を願い出ます。娘の過失を知らない朱雀院は光源氏の冷淡な態度を恨みつつ、女三の宮を出家させます。この時、女三の宮は、まだたったの22歳です。

愛する女三の宮の出家を知った柏木（32歳）は、もはや生きる望みも失って衰弱し、そのまま死んでしまいます。かわいそ〜。柏木は親友の夕霧（27歳）に遺言として、光源氏へのお詫びと、妻女二の宮《おんなにのみや》（落葉の宮《おちばのみや》）のことを最期に託します。

柏木の死の知らせを聞いた女三の宮は涙し、また光源氏もさすがに後悔します。もちろん息子を失った致仕《ちじ》の大臣《おとど》（頭の中将）夫妻の嘆きは深いものでした。

その後、女三の宮（24歳）の*6持仏開眼供養《じぶつかいがんくよう》の際には、光源氏だけでなく紫の上、さらには父朱雀院や冷泉帝の支援などもあって、盛大に営まれます。

また*7仲秋《ちゅうしゅう》の名月の折、光源氏が女三の宮のところを訪れ、虫の声の批評をしながら琴を弾いていると、螢の宮や夕霧が訪れて*8管弦《かんげん》の遊びとなることなどもありました。

こうして出家後の女三の宮は、光源氏のあたたかな庇護のもとに静かな修行生活に専念し、青年となった息子の薫君を頼りとして平穏な晩年を送りました。

＊1 **准太上天皇** 太上天皇は、天皇が譲位した後の称号。光源氏の場合は、即位していないが、冷泉帝の父親だったので、太上天皇に準ずる称号を得た。

＊2 **蹴鞠** 平安貴族に大人気の遊び。革製の鞠を地面に落とさないように、数人で次々と蹴りあげる遊び。

＊3　唐猫　中国から渡来した珍しい猫。

＊4　50歳の祝賀　長寿のお祝い。当時は40歳で老人とみなされ、四十の賀を祝う。以後10年ごとに長寿を祝う賀を行う。

＊5　女楽　女性の奏する音楽。当時「遊び」と言えば「詩歌《しいか》管弦《かんげん》」を指したが、中でも「管弦＝音楽」が遊びの中心であった。光源氏自身が琴の名手であったが、ここでは六条院の女性たちの異なる楽器によるハーモニーとなっている。

＊6　持仏開眼供養　仏像や仏画を供養して、仏の魂を迎え入れること。

＊7　仲秋の名月　陰暦八月十五日の称。陰暦では八月が秋の真ん中の月にあたる。八月十五日は、「はづきもち」と読む。

＊8　管弦の遊び　管楽器や弦楽器を用いて音楽を奏でること。「管弦」の「弦」は「絃」とも書く。当時の管楽器としては横笛・笙《しょう》・篳篥《ひちりき》などがあり、弦楽器としては、琴・箏・琵琶・和琴があった。

ダイジェスト女三の宮

1. 父朱雀院が婿選びに苦慮した末、光源氏に降嫁させる。
2. 光源氏は女三の宮が「藤壺の姪」ということで期待。
3. 14歳の女三の宮の幼さに40歳の光源氏は失望。
4. 頭の中将の嫡男柏木と密通の末、薫君を産む。
5. 不義密通が光源氏にバレ、罪の意識から出家。
6. 光源氏没後は息子の薫君を頼みとして余生を送る。

魔性の女!?

女三の宮による被害者ランキング	
1位	 柏木（女三の宮との密通がバレて死亡）
2位	 紫の上（光源氏との信頼関係崩壊）
3位	 朱雀院（女三の宮の出家に大ショック）
4位	 光源氏（人生一気に転落）
5位	 薫君（柏木と女三の宮との不義の子）
番外	 女三の宮本人（22歳で出家）

17

夕霧《ゆうぎり》・柏木《かしわぎ》

夕霧 まめなる人

……真面目で誠実な人

柏木 おほけなく軽々しき人

……身分不相応で軽率な人

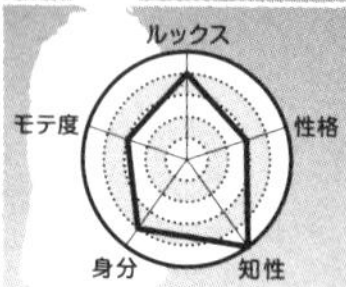

夕霧

光源氏と葵の上との子。幼なじみの雲居の雁と結婚するが、後に柏木の未亡人落葉の宮に恋する。

柏木

頭の中将の嫡男。女三の宮と密通し不義の子薫君を産ませるが、光源氏にバレた恐怖から病死。

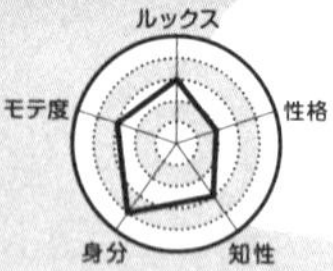

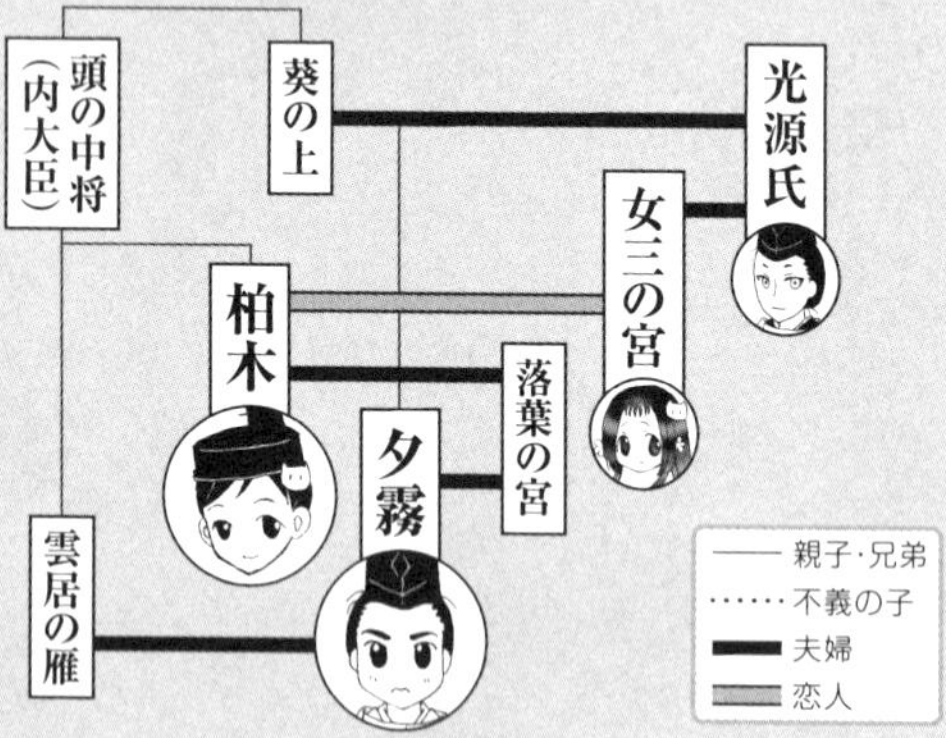

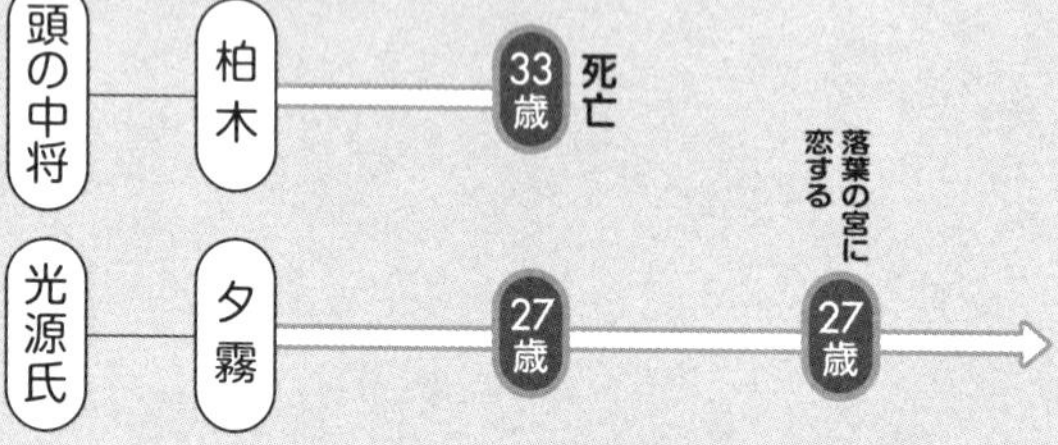

夕霧・柏木物語

光源氏が22歳の時、正妻であった葵《あおい》の上《うえ》（26歳）は懐妊します。この頃はだいぶ夫婦仲もよくなり、子供（夕霧《ゆうぎり》）も生まれてハッピーエンド、のはずが、葵の上は夕霧を産んだ後、六条御息所《ろくじょうのみやすんどころ》の物の怪によって急死してしまいます。そこで夕霧は、葵の上の母である大宮《おおみや》に育てられました。

やがて、12歳になった夕霧は元服します。光源氏の長男なので、当然出世コースに乗れるはずの夕霧でしたが、光源氏は六位[*1]の位にとどめ、大学に行かせることにします。そして夕霧は二条東院に移り、花散里のもとでひたすら勉学に励むことになりました。ショックを受けた夕霧でしたが、勉強は真面目にやり、テストも楽々と合格していきます。偉いぞ夕霧！

夕霧《ゆうぎり》と一緒《いっしょ》に
大宮《おおみや》に育てられた
雲居《くもい》の雁《かり》という子が
いました
光源氏のライバル
内大臣(頭《とう》の中将《ちゅうじょう》)の
娘《むすめ》です
雲居《くもい》の雁《かり》は
両親が離婚《りこん》しており
どちらにも
捨てられてしまった
かわいそうな女の子です
大きくなったら
結婚《けっこん》
しよーね!
二人《ふたり》は互《たが》いに恋《こい》をしていました
ところが内大臣は…
私《わたし》には娘《むすめ》が
いるじゃ
ないか!
東宮《とうぐう》に
入内《じゅだい》させれば
出世に
使えるぞ!
ヒドイ
親です

しかし噂《うわさ》では…
かくかくしかじか
なにーっ
おのれ〜〜〜っ
今日から私《わたし》といっしょに暮らしなさい
内大臣は雲居《くも い》の雁《かり》を自邸《てい》に引き取って夕霧《ゆうぎり》と会えないようにしてしまいます
くすん
雲居《くも い》の雁《かり》ちゃん…
その後二人《ふたり》は内大臣に見つからないように
がんばって内緒《ない しょ》で愛の手紙の交換《こう かん》を続けるのでした
LOVE LETTER♡

光源氏はいつまでも独身でいる夕霧に対して、早く結婚をするように言います。だって夕霧ももう18歳ですから、当時としては遅い部類です。

夕霧の縁談の噂を聞いて焦ったのは内大臣《ないだいじん》（頭《とう》の中将《ちゅうじょう》）です。雲居の雁《くもいのかり》を東宮に入内させようと思っていたものの、明石の姫君《あかしのひめぎみ》が東宮に入内することになった今となっては諦めるしかありません。

こうなると現金な内大臣としては、雲居の雁（20歳）を何としても夕霧にもらってもらうしかありません。ということで、内大臣は夕霧との和解を画策し、なんとか話をまとめて雲居の雁と夕霧を結婚させました。

ようやく結ばれた夕霧と雲居の雁です。いよいよベッドイ〜ン、その時、なんと6年ぶりに雲居の雁の顔を見た夕霧は、愛する雲居の雁が美しい大人の女性に成長していたのでメチャクチャ感激です。

その後二人は仲よく幸せに暮らしましたとさ……といきたいところなのですが、そうは問屋が卸《おろ》しません。夫婦の仲があやしくなったのは、光源氏のもとに女三《おんなさん》の宮《みや》が降嫁したことがきっかけでした。

夕霧（27歳）の親友柏木（32歳）が、女三の宮（22歳）との密通の後に病気で死んでしまうのです。光源氏に睨《にら》み殺されたようなもんです。光源氏の眼力恐るべし！

夕霧は、柏木の死に疑問を抱いていました。というのは、柏木が死の直前に不思議な遺言を残したからです。一つは自分の死後、妻の落葉《おちば》の宮《みや》（女二《おんなに》の宮《みや》）の世話を頼むということで、これは納得のいく話です。もう一つは光源氏へのお詫びを頼むのですが、どうしてお詫びをするのかについては、はっきり言わないまま亡くなってしまったのでした。

夕霧は柏木の母から、柏木の形見として横笛をもらいます。するとその夜、夢に柏木が出てきて、「この横笛を、あの人に伝えたい〜」なんて言ってます。あの人って誰やねん、と不審に思う夕霧は光源氏にもこの話をしますが、事情が事情なだけに光源氏も答えようがありません。

そうです、「あの人」とは柏木と女三の宮との不義密通の子、薫君《かおるぎみ》のことなのでした。夕霧は薫君を見ては柏木に似ていると感じ、疑念を募らせてゆきました。

夕霧（29歳）は柏木の遺言通りに、柏木の未亡人落葉の宮の世話をするようになりました。

ところが、そのうちに落葉の宮への恋心が芽生えてしまい、熱心に求愛するようになってしまいます。

怒るのはもちろん雲居の雁（31歳）です。あれだけ苦労して一緒になったのにぃ〜、と怒るのも当然です。まして親友亡き後、その妻を世話しているうちに好きになるなんて許せません。落葉の宮からの手紙を取り上げてしまったり、もう喧嘩けんかケンカ。

でも結局夕霧は、落葉の宮の母一条《いちじょうの》御息所《みやすんどころ》が急死した後、落葉の宮と結婚します。怒りが頂点に達した雲居の雁は、子供を連れて実家に戻ってしまいました。父親の致仕《ちじ》の大臣《おとど》のところです。焦った夕霧は戻ってくれ～と頼みに行きますが、誰も相手にしてくれません。が～ん。

光源氏の死後、夕霧は六条院に落葉の宮を移し、三条邸にいる雲居の雁と月に15日ずつきっちり通います。真面目な夕霧らしい行動です。しかし、この二人との間に12人もの子供をもうけた夕霧の精力にはびっくりです。さすが光源氏の息子……。

六位からスタートした夕霧も、やがて右大臣《うだいじん》、左大臣《さだいじん》を務め、栄華を極めるようになっていきました。

次は柏木です。彼は頭の中将とその正妻である四《よん》の君《きみ》の間の息子です。

柏木は皇女を妻に、と思ってず～っと独身でいました。なかでも朱雀院《すざくいん》の娘女三の宮との結婚に憧れていましたが、身分が低くてできませんでした。

そして、彼の大好きな女三の宮は、たった14歳で40歳の光源氏（准太上天皇《じゅんだいじょうてんのう》）のもとに嫁いでしまいます。ここから光源氏をとりまく人たちの悪夢ともいえる物語が始まります。

ある日六条院で夕霧《ゆうぎり》(20歳《さい》)たちと
蹴鞠《けまり》をしていた柏木《かしわぎ》(25歳《さい》)は
すってん
女三《おんなさん》の宮《みや》の飼っていた猫《ねこ》が
走り出した拍子《ひょうし》に
フギャー
めくれてしまった
御簾《みす》の隙間《すきま》から
気高《けだか》く立つ女三《おんなさん》の宮《みや》(15歳《さい》)を垣間見《かいまみ》てしまいます!

夕霧《ゆうぎり》の方は…
高貴な人が あんなところに立っている なんて不注意だなぁ
なーんて のんきなことを 思いますが
柏木《かしわぎ》は美しい想《おも》い人を 見て
大興奮です
宮さま…
その後柏木《かしわぎ》はなんと 垣間見《かいまみ》で大活躍《かつやく》した 唐猫《からねこ》を強引に引き取り
女三《おんなさん》の宮《みや》を想《おも》いながら 大切に世話をします
いくら女三《おんなさん》の宮《みや》に会えないとしても、 猫《ねこ》をかわりに愛するとは…
柏木《かしわぎ》、大丈夫《だいじょうぶ》か？
おまえは ホントに かわいーなー
かわいい おちびさん だなー

その後、このまま独身でいるわけにもいかなくなった柏木は、女三の宮の姉、女二の宮（落葉の宮）と結婚します。姉妹だし〜、と思って我慢していた柏木ですが、やっぱり本人がいいに決まってます。

そしてチャンスは訪れます。

女三の宮の降嫁以来病気がちだった紫の上がいよいよ危険な状態になり、光源氏は紫の上につきっきりで看病をするため六条院を留守にするようになりました。それを知って六条院にもぐり込んだ柏木は、ついに女三の宮への想いを遂げてしまいます。

密通の結果、女三の宮は懐妊してしまいます。しかも、女三の宮の軽率な行動から、柏木の手紙を光源氏に見つかってしまい、ついにすべてがバレてしまうのです。

小心者の柏木は、密通がバレるのではないかと悩んで病気がちでした。そしてある日、光源氏にそのことを皮肉っぽく言われ、厳しく睨みつけられた柏木は、自らの犯した罪の意識から、ついに寝込んでしまいます。そしてそのまま、瀕死《ひんし》の状態になっていくのです。

女三の宮も罪の意識は同じでした。出産後の光源氏の冷たい態度に堪え切れず、ついに出家をしてしまいます。わずか22歳の時のことでした。

柏木は女三の宮の出家を知り、もはやこの世に何の未練もなくなってしまいます。そして33歳の短い人生を哀しく閉じたのでした。

光源氏は、柏木に同情して一周忌の法要を盛大に行います。そして3歳になった薫君を大切に育てる決心をするのでした。しかし、実の父である柏木に似ている薫君を見るにつけ、光源氏の心境には複雑なものがあるのでした。

＊1 **六位**　殿上人《てんじょうびと》としては官位の最下位。正確には「殿上人」というのは「四位・五位・六位の蔵人《くろうど》」であり、殿上の間に昇って直接帝に接見することができた。さらに上級の貴族は「上達部《かんだちめ》」といい、一位・二位・三位の参議《さんぎ》を指した。

ダイジェスト夕霧

❶ 光源氏と葵の上との嫡男で漢学を修める。

❷ 幼なじみの雲居の雁との愛を貫いて結婚。

❸ 親友柏木の未亡人落葉の宮と後に結婚する。

ダイジェスト柏木

❶ 内大臣（頭の中将）の嫡男。

❷ 女三の宮と密通し不義の子薫君を産ませる。

❸ 光源氏にバレて罪の意識から病死する。

女三の宮と柏木の

不義密通のその後

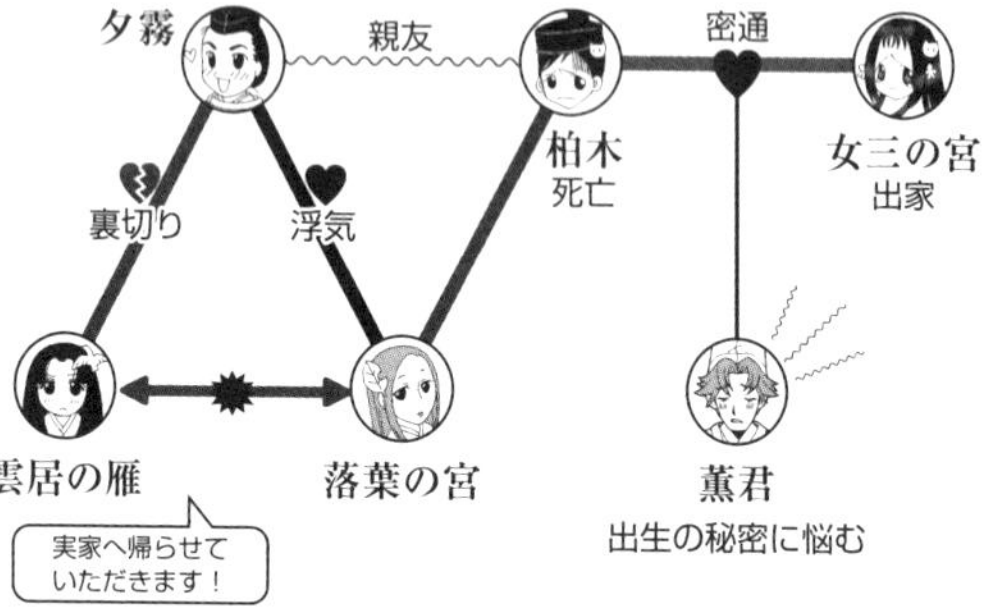

18

薫《かおる》君《ぎみ》・匂《におう》の宮《みや》

薫君

香ばしくおよすけたる人

……香り高く老成した人

匂の宮

きよらにて匂ふ人

……美しい様子で芳しく匂う人

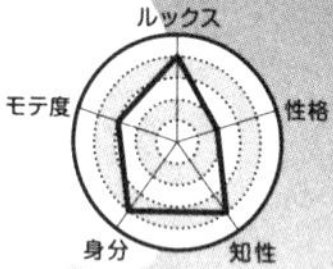

薫君

光源氏晩年の子とされるが、実は柏木と女三の宮との不義の子。宇治の姫君たちを愛するが成就せず。

匂の宮

今上帝と明石の中宮との皇子。宇治の中の君と結婚するが、その後浮舟をめぐり薫君と三角関係になる。

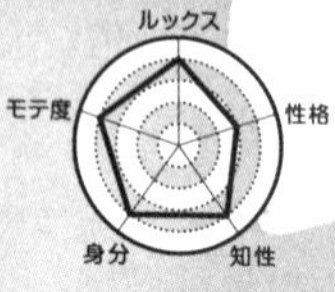

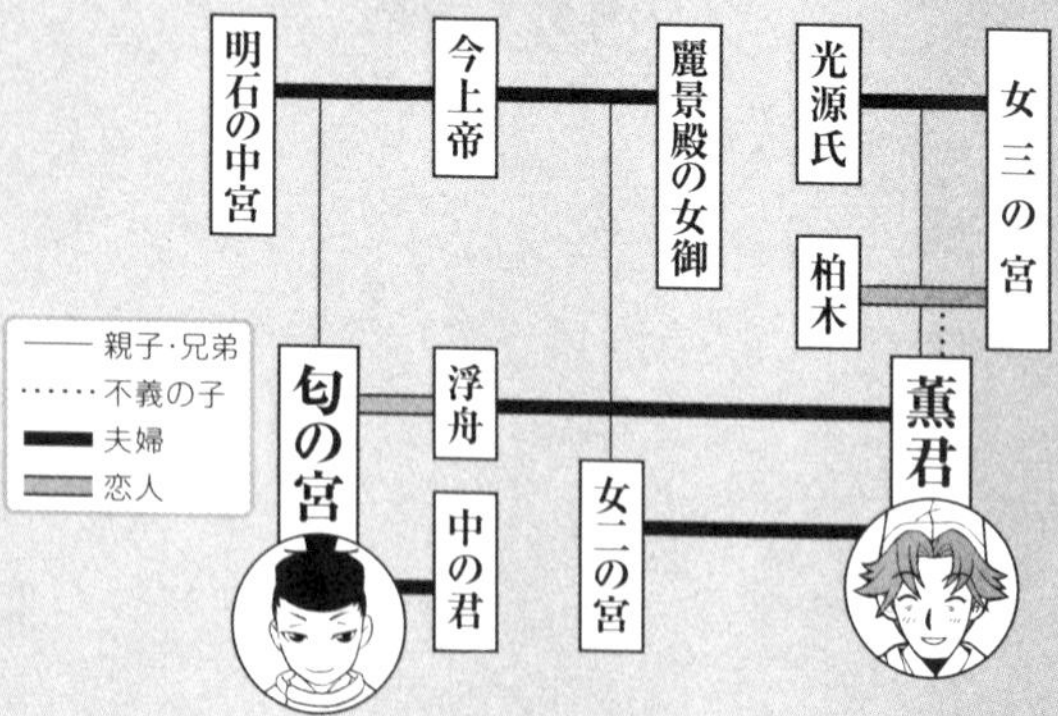

薫君・匂の宮物語

薫君《かおるぎみ》と匂《におう》の宮《みや》の登場する『源氏物語』の第三部[*1]は、光源氏がこの世を去ってから10年の月日が過ぎた世界です。宮廷社会では、右大臣夕霧《ゆうぎり》（46歳）と明石《あかし》の中宮《ちゅうぐう》（39歳）という光源氏の子供たちが、政治の実権を握っています。

しかし光源氏ほどに輝かしい人もなく、なんとなく寂しくなっています。かろうじて光源氏の後を継ぐと言えるのは、薫君と匂の宮の二人でした。この貴公子二人が、第三部の主役です。

薫君は光源氏晩年の息子とされていますが、実は女三《おんなさん》の宮《みや》と柏木《かしわぎ》の息子です。冷泉《れいぜい》院《いん》と秋好中宮《あきこのむちゅうぐう》にかわいがられ、14歳で元服した後は、右近の中将《うこんのちゅうじょう》[*2]になりました。生まれつき体からなんともいえないよい香りがするので、薫君と呼ばれています。一種の異常体質ですね。

そんな薫君のライバルが、1歳年上の匂の宮です。光源氏の娘明石の中宮と、今上帝の三《さん》の宮《みや》です。薫君への対抗心から、いつもセンスのよい高価なお香を衣類にたきつけていました。あの紫《むらさき》の上《うえ》にかわいがられて育ったために、彼女の遺言通りに二条院に住んでいます。

世間では二人の貴公子を「匂《にお》ふ兵部卿《ひょうぶきょう》、薫る中将」なんて呼んでいました。「匂ふ」というのはあたりを照らすような積極的な美しさで、「薫る」というのはほんのり漂う奥深い美しさという意味ですが、まさにこの二人の貴公子の性格をそのまま名前にしたようでした。つまり匂の宮はネアカ、薫君はネクラという対照的な性格でした。

薫君は、母である女三の宮が若くして出家したことを不審に思っていました。さらに、噂で自分は光源氏の実の子供ではないということを聞いて、自らの出生について悩みまくっていました。だから、20歳そこそこで出家したいなんて考えています。厭《えん》世《せい》的な薫君は結婚にも消極的です。

対する匂の宮は両親に愛されて育ったので、それはそれは自由奔放。さすが光源氏の孫。

話変わって玉鬘《たまかずら》を覚えているでしょうか。夕顔《ゆうがお》と頭《とう》の中将《ちゅうじょう》の娘で、髭黒《ひげぐろ》の大将《たいしょう》に突然襲われたのに、その後家庭に収まり幸せになった美人です。

玉鬘（47歳）は夫髭黒の大将に先立たれた後、二人の姫君の身の振り方に悩んでいました。上の大君《おおいぎみ》は今上帝《きんじょうてい》、冷泉院、夕霧の息子である蔵人《くろうど》の少将《しょうしょう》という、そうそうたるメンバーから求婚されていました。誰を選んでも超ー玉の輿です。いいな～。

しかし今上帝は、明石の中宮とラブラブなはずなので、気がひけます。また冷泉院は、かつて玉鬘を鬚黒の大将に奪われた男で、今は弘徽殿《こきでん》の女御《にょうご》（頭の中将の娘）とラブラブらしい……。となると夕霧の息子である蔵人の少将がいいかしら。いや待てよ、時々来る薫君（14歳）も若くていいかも～。あ～、誰に娘を⁉

と悩んだ末に、結局、玉鬘は大君を冷泉院に入内させます。

がっかりしたのは薫君です。薫君は大君を垣間見て、ひそかに思いを募らせていたのです。残念無念、でも相手が冷泉院では仕方がない、と諦めていました。しかし薫君は冷泉院にかわいがられていたので、大君に近づくチャンスが何度かあり、ひそかに未練を残していました。

さて、匂の宮のほうにも縁談が来ました。頭の中将の次男紅梅大納言《こうばいのだいなごん》の娘です。この紅梅大納言という男は、娘二人（大君《おおいぎみ》・中の君《なかのきみ》）を残して奥さんに先立たれてしまったので再婚しました。相手は真木柱《まきばしら》です。真木柱というのは、鬚黒の大将が玉鬘と結婚する前の北の方との間に生まれた女の子なんです。なんだかややこしいところですが、章末の系図も参照してくださいね。

真木柱は螢《ほたる》の宮《みや》と結婚して姫君（宮《みや》の御方《おんかた》）ももうけたのですが、螢の宮は先に亡くなってしまい、今は未亡人です。ってことで真木柱（46歳）と紅梅大納言（54歳）とは子連れ同士の再婚でした。

紅梅大納言は娘二人のうち大君を東宮に入内させた後、中の君は匂の宮の奥さんにと考えました。ところが匂の宮（25歳）は、真木柱の連れ子である宮の御方のほうに気がありました。

しかし宮の御方は、継父にすら姿を見せないような恥ずかしがりな性格です。好き者で有名なネアカな匂の宮とはうまくいくはずもない……本人も母真木柱もそう考えて悩むのでした。

さて、ここまではイントロダクションに過ぎません。いよいよ第三部のメインである[*3]「宇治十帖《うじじゅうじょう》」に入ります。

「宇治＝憂《う》し」と掛詞《かけことば》になっているように、『源氏物語』の最後の10巻である「宇治十帖」はけっして幸せな物語ではありません。ここでは、薫君と匂の宮が宇治の女性をめぐって激しく争うことになるのです。

出家を志していたネクラな薫君は、同じく出家を志す老齢の宇治の[*4]八《はち》の宮《みや》と出会います。八の宮は光源氏の異母弟（つまり桐壺帝《きりつぼてい》の息子）でしたが、政治的陰謀に巻き込まれ、今は落魄《らくはく》しています。

八の宮には娘が二人いました。大君《おおいぎみ》と中《なか》の君《きみ》です。八の宮は出家したいと思いつつも、この二人の娘の将来を案じて、出家の願いがかなわないまま、宇治で仏道に精進していました。

この八の宮の噂を聞いた薫君は宇治へ通うようになり、仏道の師弟関係として親交を深めます。

そして宇治に通い始めて3年が過ぎたある日、月光のもとで琴を演奏する大君と中の君の美しい姿を見て、大君に恋をします。

ほぼ同じ頃、薫君（22歳）は自らの出生の秘密をとうとう知ってしまいます。やはり自分は光源氏の子供ではありませんでした。実の父柏木の形見の手紙を受け取った薫君は、母女三の宮が若くして出家した理由をようやく理解したのでした。

その後八の宮が亡くなりますが、遺言として娘二人に軽はずみな結婚をしないようにと訓戒を残します。

そのため、薫君が何度大君に想いを伝えても、大君は取り合ってくれません。大君は父の教えにしたがって、一生を独身で通すつもりでした。大君としては、妹の中の君を薫君と結婚させたいと考えていました。

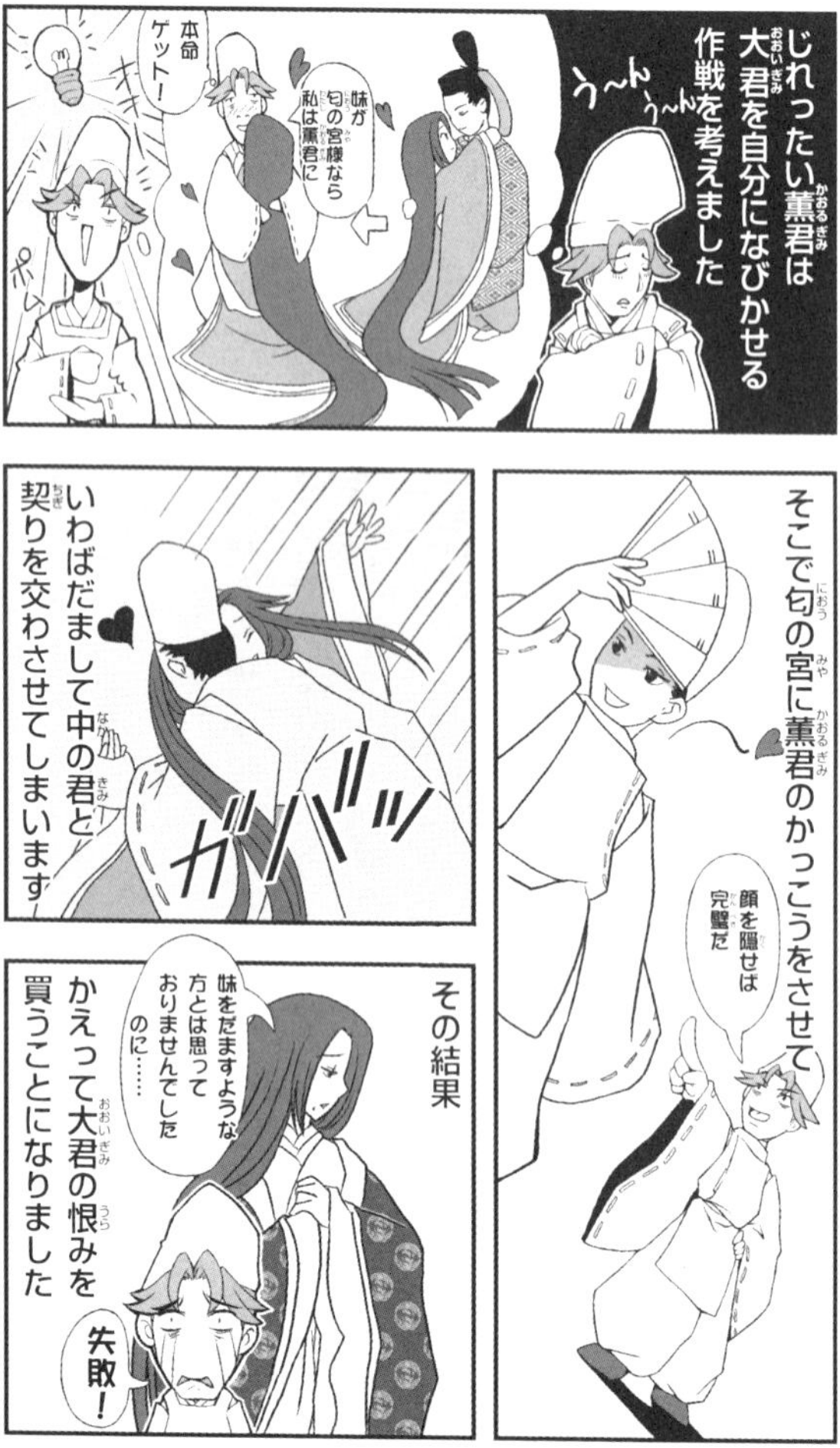
じれったい薫君《かおるぎみ》は
大君《おおいぎみ》を自分になびかせる
作戦を考えました
う～ん
う～ん
妹が
匂《におう》の宮《みや》様なら
私《わたし》は薫君《かおるぎみ》に
本命
ゲット！
ポム
そこで匂《におう》の宮《みや》に薫君《かおるぎみ》のかっこうをさせて
顔《かお》を隠せば
完璧《かんぺき》だ
いわばだまして中《なか》の君《きみ》と
契《ちぎ》りを交わさせてしまいます
ガバッ
その結果
妹をだますような
方とは思って
おりませんでした
のに……
かえって大君《おおいぎみ》の恨《うら》みを
買うことになりました
失敗！

一方せっかく中《なか》の君《きみ》を
手に入れたのに
高貴な御方《おかた》が
夜遊びはなりませぬ
中《なか》の君《きみ》〜！
母上も望んでいるし
まっいいか！
六《ろく》の君も意外に
かわいいし
夕霧《ゆうぎり》の六《ろく》の君《きみ》との
正式な結婚《けっこん》話が進みます
happy wedding
その噂《うわさ》を聞いた大君《おおいぎみ》は男性不信に陥《おちい》り
病気になってしまいます
男は結局お金と地位が
欲しいだけなのね〜
お父様のおっしゃった通り
この世は醜《みにく》いだけね
もう
死んじゃい
たいわ…
そのまま26歳《さい》の若さで
死んでしまいました

大君の死で哀しみにくれていた薫君でしたが、今上帝から娘の女二《おんなに》の宮《みや》との結婚を頼まれます。乗り気ではないものの、帝からの話を断れるはずもなく、正妻として迎えることになりました。

一方の匂の宮も、中の君を都の二条院に迎えたものの、夕霧の娘の六《ろく》の君《きみ》との縁談を承知します。

匂の宮としては、薫君に変装までして手に入れた中の君にぞっこんのはずだったのですが、逢ってみると六の君の魅力にとりつかれてしまいます。そして、妊娠中の中の君をほっておいて六の君のところにばかり通っていました。

そんなわけで、匂の宮に浮気された中の君は薫君に泣きつき、宇治に帰りたいと訴えますが、薫君はどうすることもできずにいました。ところが、そんな二人の関係を怪しむ匂の宮は、薫君への嫉妬から再び中の君のもとに通うようになり愛情復活、子供も生まれて結果論としてはオッケーなわけです。

さて、薫君《かおるぎみ》は結ばれないまま逝《い》ってしまった
大君《おおいぎみ》のことを忘れられず暗い気持ちでした
ザザザザ
大君の人形を作って祀りたい
なんてクライこと
考えたりします
ぎゅむ〜
ホント発想が
後ろ向きな奴…
紹介《しょうかい》してくれ！
キキー
隠し玉ですわ
それを聞いた中《なか》の君《きみ》は
大君《おおいぎみ》に生き写しの異母姉妹
浮舟《うきふね》の存在を明かします
早速大君《おおいぎみ》ゆかりの人浮舟《うきふね》を垣間《かいま》見《み》て
感動した薫君《かおるぎみ》は結婚《けっこん》を申《もう》し込《こ》みます
しかし浮舟《うきふね》としては身分違《ちが》いのため
恐縮《きょうしゅく》するのみです
私田舎育ち
だし…

そうこうしているうちに
好き者匂《におう》の宮《みや》も浮舟《うきふね》の存在を知り
ナンパモード
強引に迫《せま》ります！
まぁ、なんて情熱的な御方《おかた》♥
焦《あせ》る薫君《かおるぎみ》は匂《におう》の宮《みや》に負けじと
やっとのことで浮舟《うきふね》と
一夜を過ごし
ちゅ
幸せ〜
匂《におう》の宮《みや》に見つけられないように
宇治の隠《かく》れ家にかくまいます
しかし匂《におう》の宮《みや》は
浮舟《うきふね》の所在を突《つ》き止め強引に
自分のものにしてしまいます
浮舟《うきふね》〜♥
知らぬは薫君《かおるぎみ》ばかりなり

しかし、ついに匂の宮との関係が薫君にバレてしまい、薫君から不貞を責める歌が送られてくるに及んで、二人の愛に押し潰されそうになった浮舟《うきふね》は、宇治の川に身を投げて死んでしまいました。

浮舟を失った匂の宮は病床の人となってしまいます。薫君も匂の宮に皮肉を言いつつも、深い哀しみの中にいました。薫君は、大君の身代わりとして浮舟を愛し始めましたが、今は本当に彼女を愛していたことに気づきました。

浮舟の四十九日も過ぎた頃、薫君は匂の宮のお姉ちゃん女一《おんないち》の宮《みや》を垣間見ます。紫の上にかわいがられて育った女一の宮は、それはそれは美人でした。薫君は妻女二の宮に女一の宮と同じ格好をさせるなどしてよろこんだのでした。ネクラすぎる……。なにやってんの？

匂の宮のほうも、母明石の中宮のもとにいた女房、宮《みや》の君《きみ》に心を奪われたりして、彼なりに元気を取り戻していました。こちらも、なにやってんの？

浮舟の一周忌が過ぎた頃、明石の中宮のもとに浮舟らしき女性が比叡山のふもとにいるという知らせが入ります。実は浮舟は入水自殺直前に倒れ、それを比叡山の横川《よかわ》＊5の僧都《そうず》に発見され助けられていたのです。

「浮舟生存」の噂を聞いた薫君は、いてもたってもいられず、比叡山の僧都のもとに出向きます。僧都は浮舟発見以来の事情を薫君に話します。それを聞いた薫君は、ただただ涙します。そしてなんとか浮舟に会わせてくれるようお願いします。

浮舟はすでに出家をしていたので、僧都はためらいますが、薫君は自らも出家を志す身であり、けっして過去のように愛したりはしない、と僧都を説得し、手紙を届けてもらいます。薫君からの手紙を見た浮舟は懐かしさもこみあげ、大きく動揺しますが、人違いだと言って返事をしませんでした。

＊1　第三部

第一部――「桐壺」から「藤裏葉《ふじのうらば》」……光源氏の青春・挫折・栄華

第二部――「若菜上」から「幻」……光源氏の晩年・不幸

第三部——「匂宮」から「夢浮橋《ゆめのうきはし》」……光源氏の死後、薫君と匂の宮の青春。「橋姫」以降の十帖を特に「宇治十帖」と呼ぶ。

＊2 右近の中将 右近衛府《うこのえふ》（宮中の警護をした役所）の次官。

＊3 宇治十帖 「橋姫《はしひめ》」「椎本《しいがもと》」「総角《あげまき》」「早蕨《さわらび》」「宿木《やどりぎ》」「東屋《あずまや》」「浮舟《うきふね》」「蜻蛉《かげろう》」「手習《てならい》」「夢浮橋」の十帖を「宇治十帖」と呼ぶ。

＊4 八の宮 桐壺帝の息子。つまり光源氏の兄弟。

＊5 横川の僧都 近江国、現在の京都府と滋賀県の境にある、比叡山で修行する僧都。

【系図】

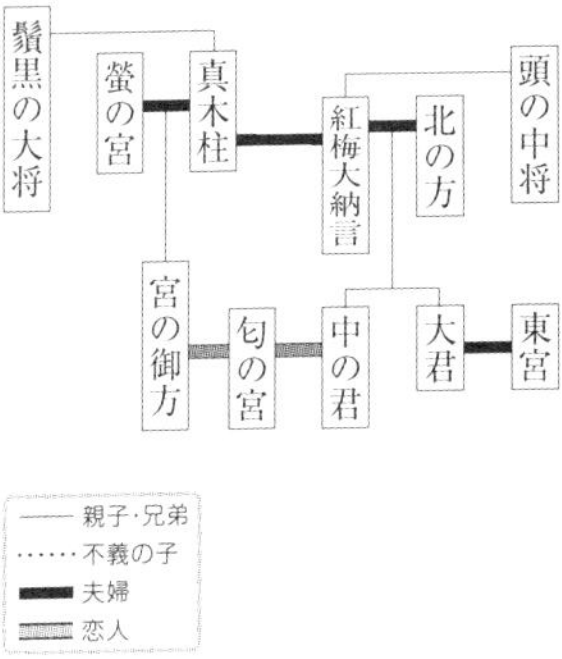

ダイジェスト薫君

❶ 柏木と女三の宮との不義密通の子。

❷ 宇治の大君を愛するが結ばれず、中の君に迫る。

❸ 大君そっくりの浮舟に恋するが匂の宮と争奪戦になる。

ダイジェスト匂の宮

❶ 今上帝と明石の中宮との間の第三皇子。

❷ ネクラな薫君に対してネアカで情熱的。

❸ 薫君と宇治の姫君たちの争奪戦を繰り広げ、中の君と結婚。

薫君 vs 匂の宮

薫君　不思議な薫りを体から発散

匂の宮　高価な香りを匂わせて勝負

19

大《おおい》君《ぎみ》

すきずきしきことになびかぬ人

……好色めいたことにはなびかない人

大君

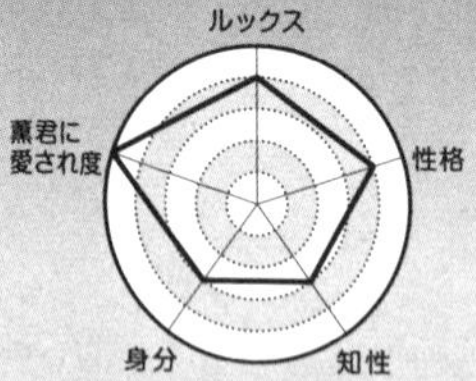

八の宮の長女。薫君に求婚されるが父の遺言を守り軽率な結婚を拒否し、独身主義のまま若くして死亡。

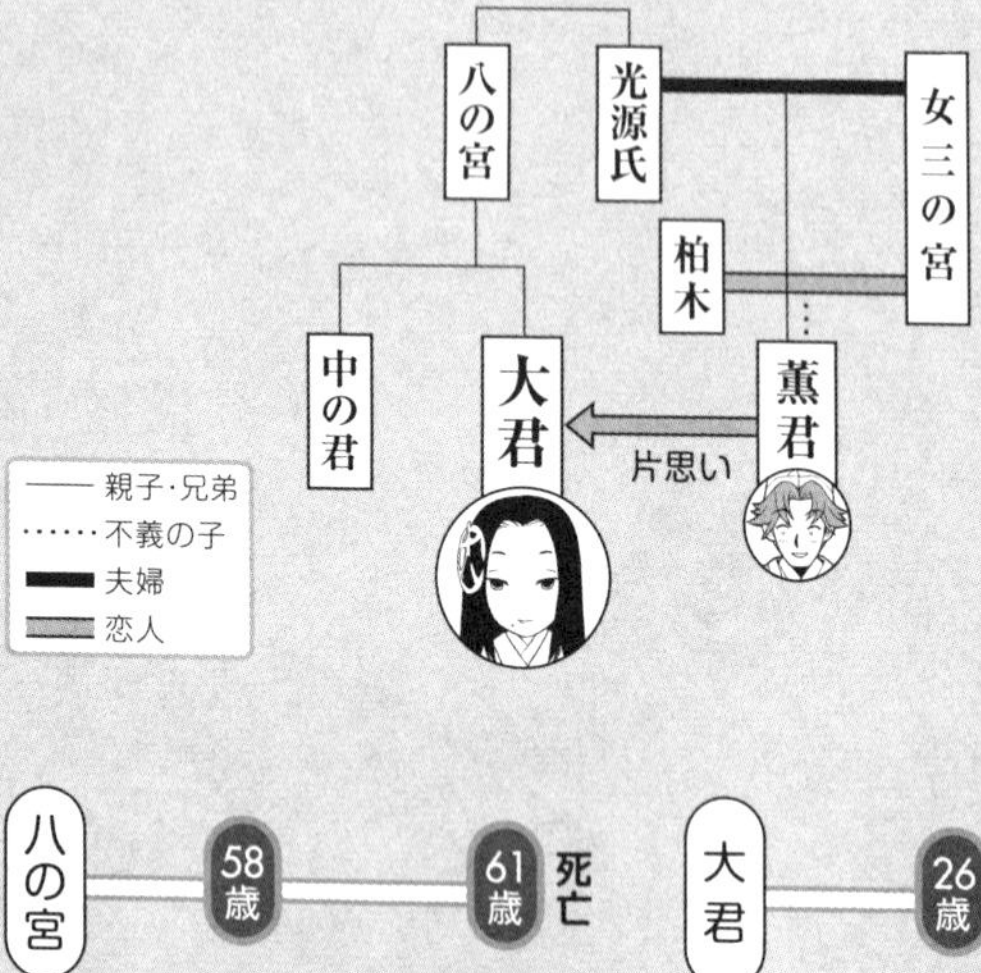

大君物語

昔々あるところに、大君《おおいぎみ》と中《なか》の君《きみ》という美しい姉妹が、人目を避けるように宇治*1に住んでいました。と、突然言ってもわかるわけがないので、彼女たちのお父ちゃんのお話からします。この物語は45帖目にあたる「橋姫《はしひめ》」から始まります。ちなみにこの帖から後は「宇治十帖」と言われています。

大君と中の君の父親である八《はち》の宮《みや》は、あの光源氏の父桐壺院《きりつぼいん》の息子です……ってことは、八の宮は光源氏の異母兄弟です。いつのまに弟なんて作ったのやら……。

その昔、光源氏の母・桐壺更衣をいじめたあのこわ～い弘徽殿《こきでん》の女御《にょうご》が、光源氏一派を陥れるために、この八の宮を利用しようとしたんですが、失敗に終わりました。
こんなところにも弘徽殿の女御は出てくるんですね。

結局、八の宮も陰謀の片棒を担いだ形になり、光源氏の栄華の時代には世間から逃れて、北の方と静かに暮らしていました。

ところが奥さんに先立たれ、しかも都の家が火事になってしまい、二人の娘を連れて宇治に引っ越したってわけなんです。

不幸続きの八の宮は出家したいと願いますが、二人の美しい娘を俗世に残していくわけにもいかず、俗体のままで仏道に帰依《きえ》します。だから「俗聖《ぞくひじり》」[*2] なんて呼ばれます。

この八の宮の噂を聞いたネクラ薫君《かおるぎみ》（20歳）は、自分も日頃から仏道に専心したいと思っていたので、早速、宇治の八の宮のもとに手紙を書き、師弟としてのつき合いが始まります。

薫君が宇治に通うようになってから3年がたちました。

晩秋の月の美しいある日
薫君《かおるきみ》(22歳《さい》)は
突然《とつぜん》宇治《うじ》を訪問します
その日八の宮《はちのみや》は留守《るす》でしたが
そのがわり
美しい琴《こと》と琵琶《びわ》の音色《ねいろ》が
聞こえてきました
庭に
忍《しの》び込《こ》んだ
薫君《かおるぎみ》は
サクッ…
そこで仲むつまじく語り合っている
美しい姉妹の姿を
垣間見《かいまみ》てしまいます

その二人《ふたり》こそ
大君《おおいぎみ》24歳《さい》
中《なか》の君《きみ》22歳《さい》
出家したくて仏道修行までしている薫君《かおるぎみ》も
美しい女の子にはちゃんと興味があります
姉の大君《おおいぎみ》は奥《おく》ゆかしく
気品を漂《ただよ》わせた物静かな女性
堅物《かたぶつ》とも言えるくらい
貞操《ていそう》の堅《かた》い
女性です
妹の中《なか》の君《きみ》は
可憐《かれん》な感じの
美しい女性
こんな美しい女性を二人《ふたり》も垣《かい》間《ま》見《み》て
薫君《かおるぎみ》は胸をときめかせます

冬十月になり八の宮は、薫君に自らの出家を打ち明け、二人の娘の後見を依頼します。[*3] そして61歳になった八の宮は、この世を去ってしまいました。遺言として、「軽薄な男の言葉に乗って不幸な結婚をしてはならない」と娘たちに言い残して。

この姉妹の後見を引き受けた薫君（23歳）は、残された姫君たちが寂しい様子をしているのを励ましているうちに同情が愛情に変わり、姉の大君（25歳）を深く愛するようになります。一方、薫君のライバル匂《におう》の宮《みや》は、中の君にお熱をあげます。

1年後、八の宮の一周忌となり、仏前の飾りの総角《あげまき》[*4]の糸を結んでいた大君に対して、薫君は歌を詠んでプロポーズします。ところが大君は亡き父親の遺言を守り、誰とも結婚せずに生涯を終えるつもりでいたのです。ただ、妹の中の君には幸せな結婚をさせてあげたいと思い、薫君が中の君と結婚することを望んでいたのでした。

薫君は断られて、逆にますます大君への愛を遂げようと熱心に迫りますが、大君のほうは彼を避け続けます。彼女はあくまでも独身主義を貫こうとしていました。それでも薫君はがんばって、夜中に姉妹の部屋に忍び込みます。ところが大君はその気配に気づき、中の君を残して逃げてしまいました。

薫君は大君が逃げてしまったことを恨めしく思いつつも、残された中の君をいたわって何事もなく一夜を明かしました。エライ！　そう、ここはあの空蟬《うつせみ》の物語と同じシチュエーションです。ただ、光源氏はそのまま空蟬の義理の娘、軒端《のきば》の荻《おぎ》と契ったのに対して、薫君はそうはしませんでした。

その後、大君を諦め切れない薫君は、中の君が匂の宮と結婚してしまえば、大君もしかたなく自分になびくだろうと考え、策略によって二人を結婚させてしまいます。なんと、自分の姿を装わせた匂の宮を中の君のもとへと導き、契りを交わさせてしまうのです。大君としては、薫君が中の君と結婚することを望んでいたのに、裏切られたことに深い怒りと哀しみを募らせ、男性不信に陥ります。

さらに、幸せな結婚をしたはずの中の君と匂の宮の間がギクシャクしていくのを見るにつけ、結婚不信にも陥ります。浮気者の匂の宮は中の君を手に入れた後、次第に訪問が遠のき、ついには夕霧《ゆうぎり》の娘の六《ろく》の君《きみ》との結婚の話まで聞こえてきます。大君はますます結婚への不信を強く感じ、独身主義の決意をさらに固めたのでした。

中の君と匂の宮との仲を心配しているうちに、大君は病気がちになり、ついには食事もできないほどの重態に陥ります。薫君は衰弱した大君の枕元でひたすら看病します。

薫君の必死の看病もむなしく、大君は26歳という若さで亡くなってしまいます。ついに独身を貫いたというべきでしょうか。でも、あまりにはかなく短い人生です。最愛の人を亡くした薫君は、こんなことなら中の君と結婚しておけばよかった、なんて今さらながら残念に思うのでした。

＊1　宇治　山城国《やましろのくに》の地名。現在の京都府南部の地名。「宇治」は同時に「憂し」＝「つらい」でもあった。
＊2　俗聖　俗人の姿のままで仏道修行をする人。
＊3　冬十月　陰暦では十月《かんなづき》、十一月《しもつき》、十二月《しはす》が冬にあたる。
＊4　総角　ひもの結びかた。

ダイジェスト大君

❶ 父八の宮は光源氏の異母弟。

❷ 八の宮が政争に巻き込まれ親子で宇治に隠棲。

❸ 薫君に言い寄られるが父の遺言を守って拒否。

❹ 妹の中の君は匂の宮に襲われ結婚。

❺ 匂の宮が中の君と結婚後、態度が冷たくなったことに絶望。

❻ 大君が死んだ後も薫君は大君を思慕し続ける。

宇治の恋愛模様

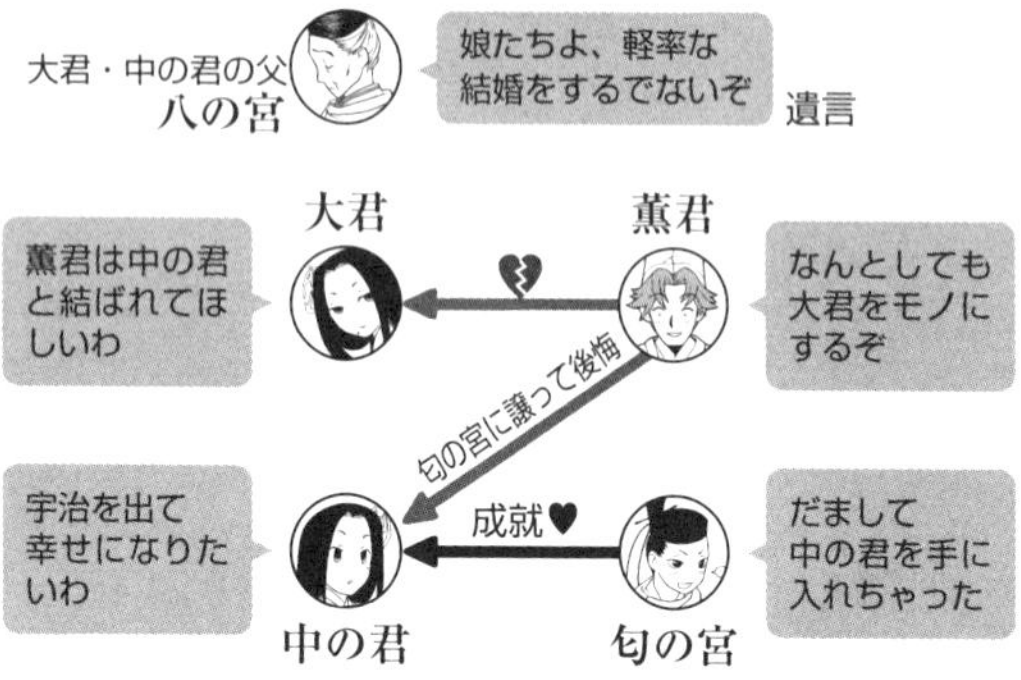

大君・中の君の父
八の宮
娘たちよ、軽率な結婚をするでないぞ
遺言
大君
薫君
薫君は中の君と結ばれてほしいわ
なんとしても大君をモノにするぞ
匂の宮に譲って後悔
宇治を出て幸せになりたいわ
成就♥
だまして中の君を手に入れちゃった
中の君
匂の宮

20

中《なか》の君《きみ》

にほひ多くあてにをかしき人

……つややかに美しく上品で風情がある人

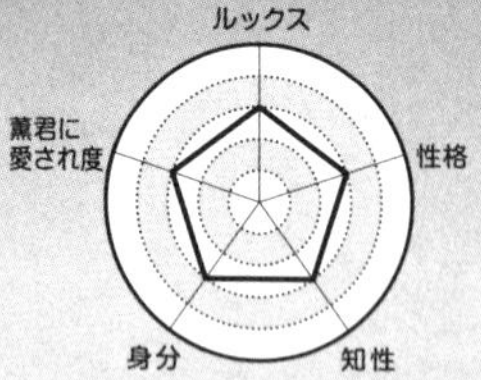

中の君

八の宮の次女、大君の妹。匂の宮と結婚し二条院で出産。異母妹浮舟と薫君を結びつける役割を果たす。

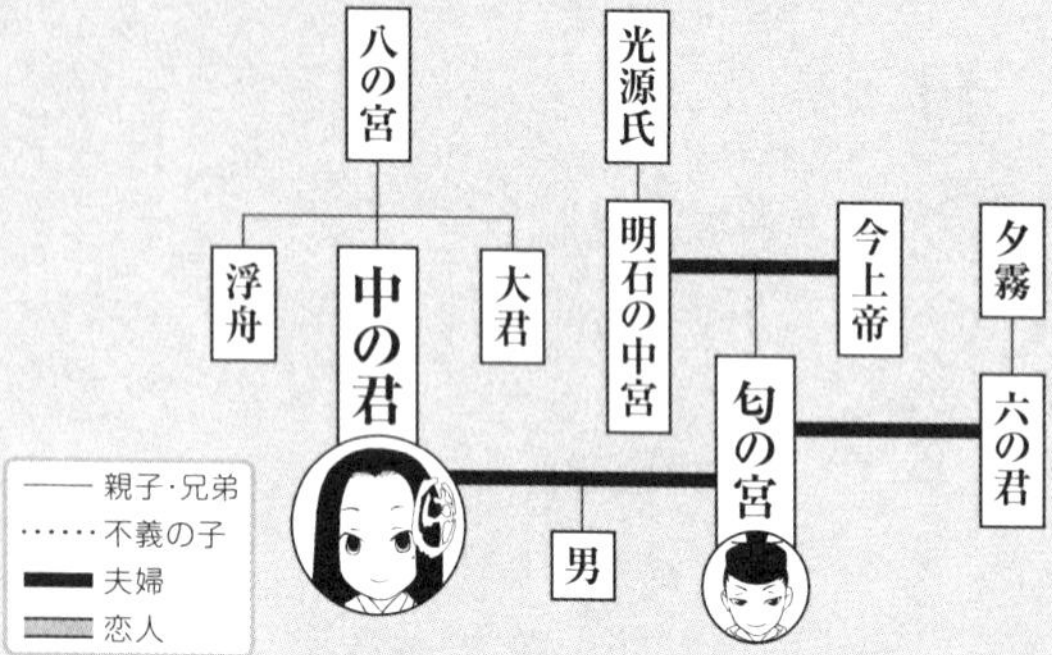

中の君物語

中《なか》の君《きみ》は、宇治に住む落魄した皇族・八《はち》の宮《みや》の二人の娘の妹のほうです。姉の大君《おおいぎみ》とは、仲のよい美しい姉妹でした。

父八の宮（59歳）は光源氏の弟にあたりますが、政治的謀略に巻き込まれ、今は没落して宇治で静かに仏道修行をしていました。そこで八の宮は俗聖《ぞくひじり》と呼ばれるようになり、同じく修行中の薫君（20歳）と知り合います。

薫君が宇治に通うようになって3年たったある日、薫君はこの美しい姉妹を垣間見て衝撃を受けます。その気品と優雅さにひかれた薫君は、出家願望なんてどこへやら、早速大君に交際を申し込みます。ただし、大君は堅い女性でしたから、そう簡単には薫君の誘いには乗ってきません。

その頃、都では今上帝《きんじょうてい》と明石《あかし》の中宮《ちゅうぐう》の息子、匂《におう》の宮（24歳）が、薫君（23歳）から宇治の姫君のことを聞きます。何かと薫君をライバル視する匂の宮は、早速口実を作って宇治を訪れ、中の君（23歳）と手紙を交わすようになります。

その年の晩秋、八の宮が亡くなります。遺言として、「軽薄な男の言葉に乗って不幸な結婚だけはするな」という言葉を娘たちに残します。それを聞いた大君は、ますます独身主義を貫く覚悟を決めます。

八の宮の一周忌が過ぎた頃、再び宇治を訪れた薫君は大君への想いを遂げようと姉妹の部屋に忍び込みますが、なんと大君はその気配に気づき、中の君を残して逃げてしまいます。残された中の君もビックリ。いるはずの大君がいないので、薫君もビックリ。そこで中の君と薫君の二人は、何事もなく朝まで語り明かしました。

薫君と大君の進展はないまま、匂の宮のほうは中の君への想いをどんどん募らせていきます。夕霧《ゆうぎり》の六《ろく》の君《きみ》との縁談話がきても、このオイシイ話に見向きもせず、中の君のことばかり考えてしまいます。薫君に頼んで、なんとか中の君との間を取り持ってもらおうなんて、都合のいい計画まで考えます。

その話を聞いた薫君は、中の君が匂の宮と結婚すれば大君も自分になびくだろう、と考えます。そこで薫君は、匂の宮を中の君と結び付ける計画を立てます。

その計画とは、薫君と大君が話し込んでいる隙に、匂の宮が中の君の部屋に忍び込み、契りを交わしてしまうというものでした。こうなると中の君としては、匂の宮を夫として迎え入れるしかありません。大君は中の君をなぐさめつつも、この卑怯な方法に怒ってしまいました。

さて、やっとのことで想いを遂げた匂の宮ですが、ここから先が大変です。匂の宮はなんせ帝の子供ですから、めちゃくちゃ身分が高いわけです。だから宇治なんかに気軽に通える状況ではありませんでした。今までも母親の明石の中宮の目を盗んで、こっそり通っていたのです。当時は男女の契りの後、3日続けて通わなければ結婚が成立しません。匂の宮（25歳）は母親の明石の中宮の反対を受けつつも薫君に励まされ、やっとのことで宇治へ3日通って中の君（24歳）と結婚したのです。

しかし結婚以後、匂の宮は中の君の所へなかなか通えずにいました。匂の宮としては中の君を都へ引き取ろうと考えつつ、時だけが無駄に過ぎていきます。一方、宇治の田舎で暮らしてきた姉妹に宮廷生活など想像できるわけがなく、中の君は匂の宮の訪問が少ないことを単純に哀しみます。大君は哀しむ中の君を見て、ますます結婚への不信感を強めるのでした。

その後、姉の大君が心労から重病に陥り、薫君の手厚い看護も空しく26歳の若さで亡くなり、中の君は独りぼっちになってしまいます。父八の宮はすでに亡く、姉大君まで亡くした今、宇治での生活の寂しさは中の君を悲しみのどん底に陥れます。

さて、匂の宮（26歳）はなんとか宇治に通おうと必死でした。そんな息子を見た明石の中宮は、中の君（25歳）を都に引き取ることを許します。年が明けた2月、宇治に心を残しつつも、中の君は匂の宮の住む二条院に引き取られることになりました。

ところが、やっと幸せになれる、と中の君が思った矢先、匂の宮の縁談が本格化してしまいました。相手は夕霧の娘六の君です。六の君は夕霧の愛人・藤の典侍《とうないしのすけ》が産んだ、いわば脇腹《わきばら》の娘なんですが、身分の高い落葉《おちば》の宮《みや》の養女になり、美しい女性に育っていました。つくづく運のない中の君です。

匂の宮は初めはこの縁談に興味を示さず、中の君一筋だったのですが、夕霧の後ろ盾が必要だったので、ついにこの話を承諾します。匂の宮とて地位を守るのは楽じゃありません。妊娠中の中の君にもこの縁談の話が伝わり、彼女はとても哀しみます。そして、父の遺言に背いて都に出た軽率さを反省したのでした。

さて、六の君とはいやいや結婚したはずの匂の宮でしたが、意外にも六の君の魅力にひかれてしまい、中の君のいる二条院から足が遠のきました。妊娠中の中の君は、耐え切れず薫君に「宇治に帰りた〜い」と訴えます。

一方薫君《かおるぎみ》は……
大君《おおいぎみ》を失うなら中《なか》の君《きみ》と結婚《けっこん》すればよかった
はーっ
なんて後悔《こうかい》中
だから哀《かな》しむ中《なか》の君《きみ》を見て
ムラムラ
しちゃいます
な、中《なか》の君《きみ》!
あ!
とうとう中《なか》の君《きみ》の御簾《みす》を巻き上げてまで熱い想《おも》いを伝えますが
なんせ中《なか》の君《きみ》は妊娠《にんしん》中
腹帯《ふくたい》をしています
ポッコリ

さすがに襲《おそ》うことは不可能です
トホホ…
ということで添《そ》い寝《ね》で我慢《がまん》します
その日匂《におう》の宮《みや》が久しぶりに二条院に帰ってきました
あんな事があったなんて知られたら……
ドキドキ
ぷ〜ん
この香《かお》りは…!
しかも薫君《かおるぎみ》の移《うつ》り香《か》に気づかれ疑われてしまいます
薫君《かおるぎみ》め……私《わたし》のいない間に…!
匂《におう》の宮《みや》は嫉妬じますが
私《わたし》のものは私《わたし》のもの
意外にもこのことで中《なか》の君《きみ》への愛着を深めるようになっていきました
災い転じて福となす!

その後、匂の宮の隙をついて中の君に迫る薫君でしたが、困ったのは中の君。大君の人形を作って祀《まつ》りたいとまで語る薫君に同情して、とっておきの女の子を紹介することにしました。

なんと大君・中の君には、異母姉妹がいたのです。八の宮が女房に産ませた子供でしたが、認知をしてあげませんでした。だから、母親が再婚先で大事に育てていたのです。

それが浮舟《うきふね》です。

娘の幸せを願う母親が中の君を頼ってきたので、このことが判明しました。中の君はその異母妹浮舟を見て驚きました。亡き姉大君に瓜二つの美人だったのです。

そこで中の君は、薫君からの恋慕をそらすために、妹（浮舟）の存在を打ち明けました。

2月、中の君は男児を出産します。匂の宮の第一子を産んだことで、中の君の地位は安定し、誰からも重んじられるようになりました。

浮舟（21歳）は中の君（26歳）のもとに引き取られ、姉を慕っていました。ところが匂の宮（27歳）が偶然にも浮舟を見つけてしまい言い寄ります。この場は何もありませんでしたが、後に浮舟をめぐって、匂の宮と薫君による壮絶なバトルが繰り広げられます。

義理の妹に夢中になっていく夫匂の宮を見ながら、中の君は何を思ったのでしょうねえ。

ダイジェスト中の君

❶ 八の宮の次女、大君の妹。

❷ 薫君の策略で匂の宮に襲われ仕方なく結婚。

❸ 匂の宮と夕霧の娘（六の君）との結婚話に悩む。

❹ 姉大君の死を嘆きつつ宇治を離れ二条院へ。

❺ 匂の宮に二条院に迎えられ出産し安定する。

❻ 薫君の執拗な思慕に悩まされ異母妹浮舟を薫君に紹介。

中の君をめぐる三角関係

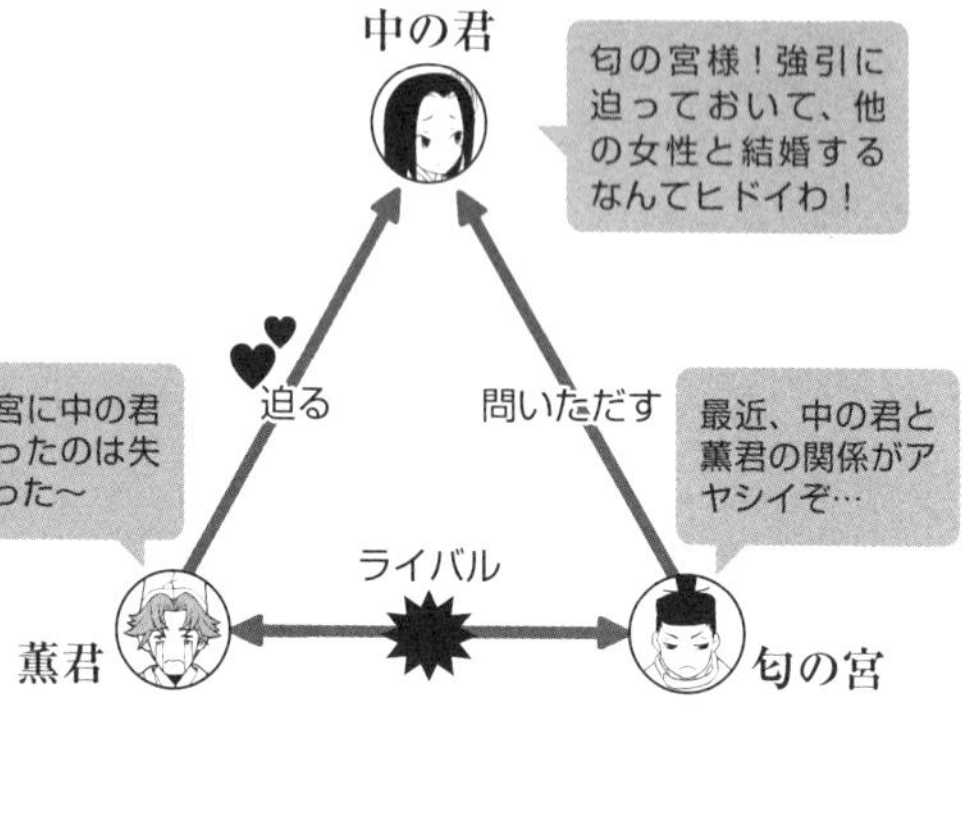
匂の宮様！強引に迫っておいて、他の女性と結婚するなんてヒドイわ！
問いただす
匂の宮に中の君を譲ったのは失敗だった～
最近、中の君と薫君の関係がアヤシイぞ…

21

浮《うき》舟《ふね》

なまめかしく心まどふ人

……優美で心迷う人

浮舟

八の宮の三女で妾腹の娘。薫君と匂の宮に愛され三角関係に苦しみ、自殺を図るが未遂に終わり出家する。

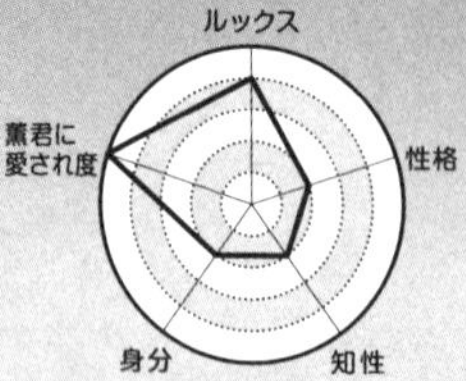

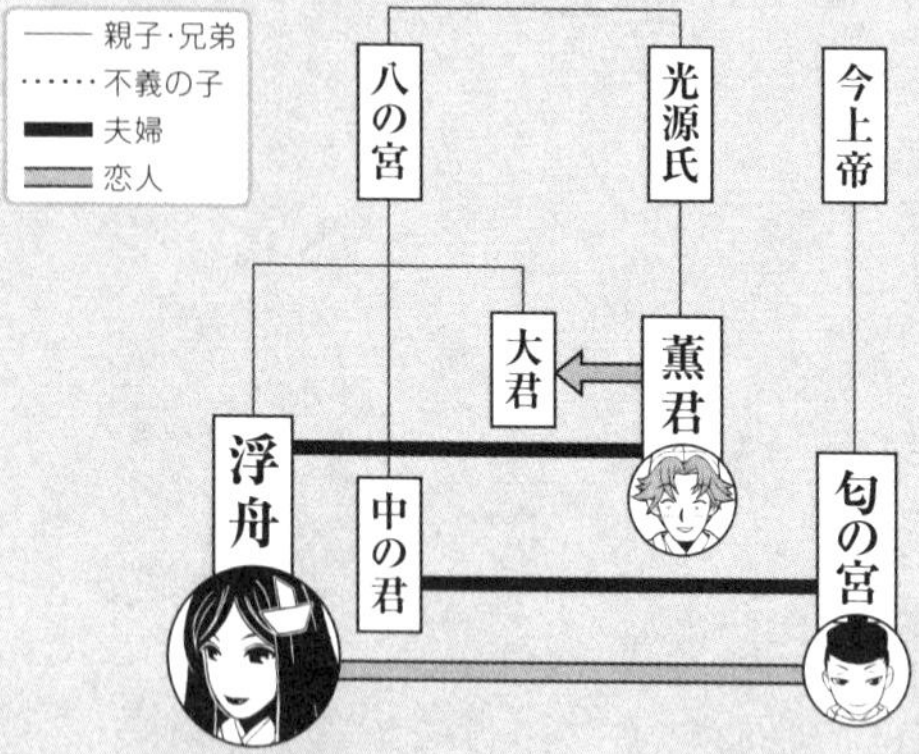

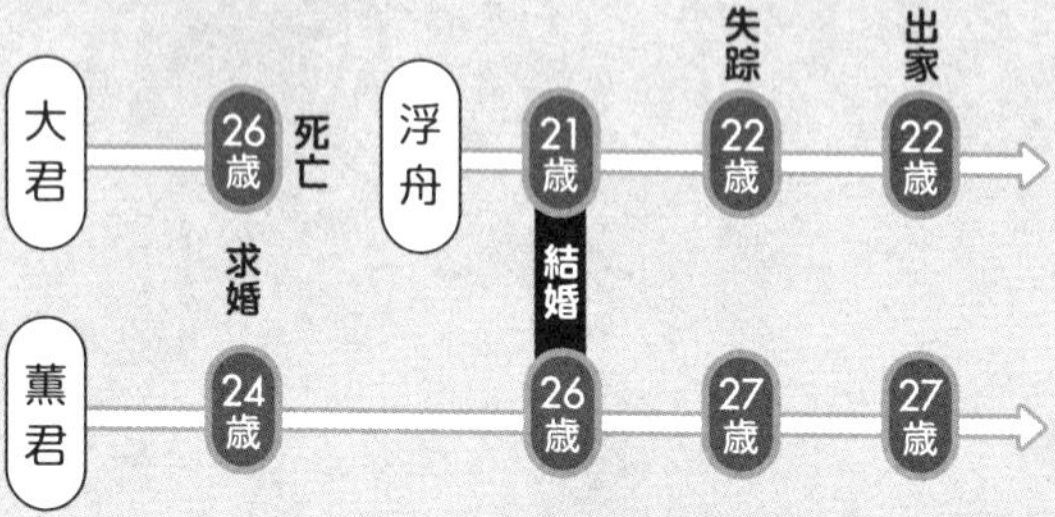

浮舟物語

54帖からなる『源氏物語』の最後のヒロインは浮舟《うきふね》です。彼女はなんと宇治《うじ》の大君《おおいぎみ》、中《なか》の君《きみ》の異母姉妹です。

浮舟は八の宮が妾《めかけ》に産ませた女性で、認知をしてもらえなかった不幸な女性です。母親の再婚相手のもと、常陸《ひたち》（現在の茨城県）で育った浮舟は、田舎育ちとは思えないくらい美しく成長し、20歳になっていました。

薫君《かおるぎみ》（25歳）は帝の女二《おんなに》の宮《みや》と婚約しましたが、いまだに亡き大君を忘れられずにいました。そしてライバル匂《におう》の宮《みや》に譲ったはずの中の君に迫ったりもしていました。

そんな薫君を見た中の君は、義理の妹である浮舟の存在を明かしました。浮舟は大君に似て、とても美しい人でした。実は中の君も、義理の妹浮舟の存在を初めは知りませんでした。ところが、浮舟の母親が都にいる中の君を頼ってきたことから、浮舟の存在が判明したのです。

翌年の春、再び宇治を訪れた薫君は、偶然そこに居合わせた浮舟に出会います。その姿は、まさに亡き大君の生き写しのようでした。薫君は懐かしさで胸がいっぱいになり、思わず愛の告白をします。

浮舟の母親は薫君と娘の縁談をよろこびますが、不安もありました。浮舟は八の宮の娘ですから、もともとは高貴な血筋です。しかし結局は認知もされず、今はただの地方官の娘に過ぎません。光源氏の息子（と思われている）薫君とは身分が違いすぎました。

浮舟の母親は身分相応の結婚をさせることに決め、少将《しょうしょう》からの求婚話を受けることにしました。ところが少将が地方官の実の娘に乗り換えてしまったために、浮舟は行くところがなくなってしまいます。

娘があまりにかわいそうだと思った母親が都にいる中の君に助けを求め、浮舟は二条院に住めることになりました。もちろん内緒にです。ところが、運命的に（?）匂の宮に見つかってしまい、なんとかその場は逃げましたが、このまま二条院に住むわけにもいかず、母親が用意した三条の家に移ることになりました。

秋になって宇治を訪れた薫君（26歳）は、浮舟が三条の家にいることを知ります。そして思いあまった薫君は強引にこの家に忍び込み、浮舟と一夜を共にします。亡き大君を思いながら……。その後、彼女を宇治に移して匂の宮から隠してしまいました。

二条院では、好き者匂の宮が浮舟を探していました。「あの美女をどこに隠したのですか～?」と、妻の中の君に聞く失礼な男です。中の君は、浮舟と薫君が結ばれたことを知っていたので、もちろんとぼけます。しかし、女を追うことに命をかけている匂の宮は、薫君が浮舟を宇治に隠していることを知り、薫君のふりをして浮舟の部屋に入り、彼女をモノにしてしまったのです。

浮舟は姉中の君へのすまなさから泣いてしまいますが、匂の宮の強引で情熱的な愛の虜となってしまいます。このへんが浮舟の性格を表してますね〜。ところが薫君に逢うと、静かで優しく自分を包み込んでくれる薫君に再び心が傾くのです。

薫君の理性的な愛もいいし、匂の宮と感情にまかせて愛し合うのもいいし……、贅沢な悩みを抱えつつも苦悩する浮舟です。

その後、薫君から都に迎え取ることを約束されます。薫君が浮舟を引き取る準備をしていることを知った匂の宮は、2月に宇治を訪れ、浮舟を舟で対岸の家に連れ出しました。浮舟は二人の愛の間で揺れる自分を情けなく哀しく思います。

薫君への想いもあった浮舟でしたが、目の前にいる匂の宮と甘美で情熱的な2日間を過ごしてしまいます。

その後薫君《かおるぎみ》と匂の宮《におうのみや》のそれぞれから
都に迎《むか》え取る知らせを受けた浮舟《うきふね》は
どうしていいかわかりません
匂《におう》の宮《みや》でーす
どちらか一方なんて選べない！
薫《かおる》でーす
私《わたし》って優柔《ゆうじゅう》なのよ
二人《ふたり》の愛の間でどんどん追《お》い込《こ》まれていきます
愛
愛
そしてついに自殺を決意してしまいました
もう疲《つか》れたわ…
浮舟《うきふね》ははげしく流れる宇治川《うじがわ》へ……

翌朝
浮舟《うきふね》様～
チュン
チュン
浮舟《うきふね》様～
浮舟がいなくなり
宇治は大騒ぎになります
ザザザザ
おられませぬ
浮舟《うきふね》様～
おられぬとはどういう事だえ？
しかし遺書が見つかり
自殺したことがわかります
亡骸《なきがら》のないまま葬儀《そうぎ》が行われました

浮舟を失った匂の宮は病床の人となり、一方の薫君は仏道修行をしている身で俗世の愛欲にそまってしまったことを後悔します。

その頃、比叡山のふもとの小野の山里に浮舟はいました。なんと生きていたのです。自殺のために宇治川のほとりをさまよっていた浮舟は途中で気を失い、そこを通りかかった僧都《そうず》たちに助けられたのでした。

正気を取り戻した浮舟は助かってしまったことを嘆き、僧都たちに自らのことを語ろうとはしませんでした。そして二人の男性に愛され、結局破滅にむかった自らの哀しい運命を嘆きます。そして、ついに現世で女性として生きる気持ちを捨て、横川《よかわ》の僧都《そうず》に頼んで出家してしまいました。

このまま仏道修行で静かな生活を……と思っていた浮舟でしたが、もう一波乱ありました。横川の僧都たちは宮廷の明石《あかし》の中宮《ちゅうぐう》と関係があり、病気を治すために祈禱をしていたのです。そこから宇治川で助けた美女のことが薫君の耳に伝わりました。

薫君《かおるぎみ》は浮舟《うきふね》に違《ちが》いないと感じ
僧都《そうず》に頼《たの》んで横川《よかわ》を訪れました
道案内をためらう僧都《そうず》に
う～む
マズイ
出家した
浮舟《うきふね》に元恋人《こいびと》を
引き合《あ》わせるのは
のう
実はボク
出家目指してるんです
お力になりましょう
絶対に浮舟《うきふね》に手出し
しないと説得します
薫君《かおるぎみ》は浮舟《うきふね》の弟小君《こぎみ》に
自らの手紙と僧都《そうず》の手紙を託《たく》します
お前のお姉様に
渡《わた》しておくれ
は～い
僧都《そうず》の手紙には
出家させたことへの後悔《こうかい》と
還俗《げんぞく》へのススメが書かれていました
人生やり直し
なされ～

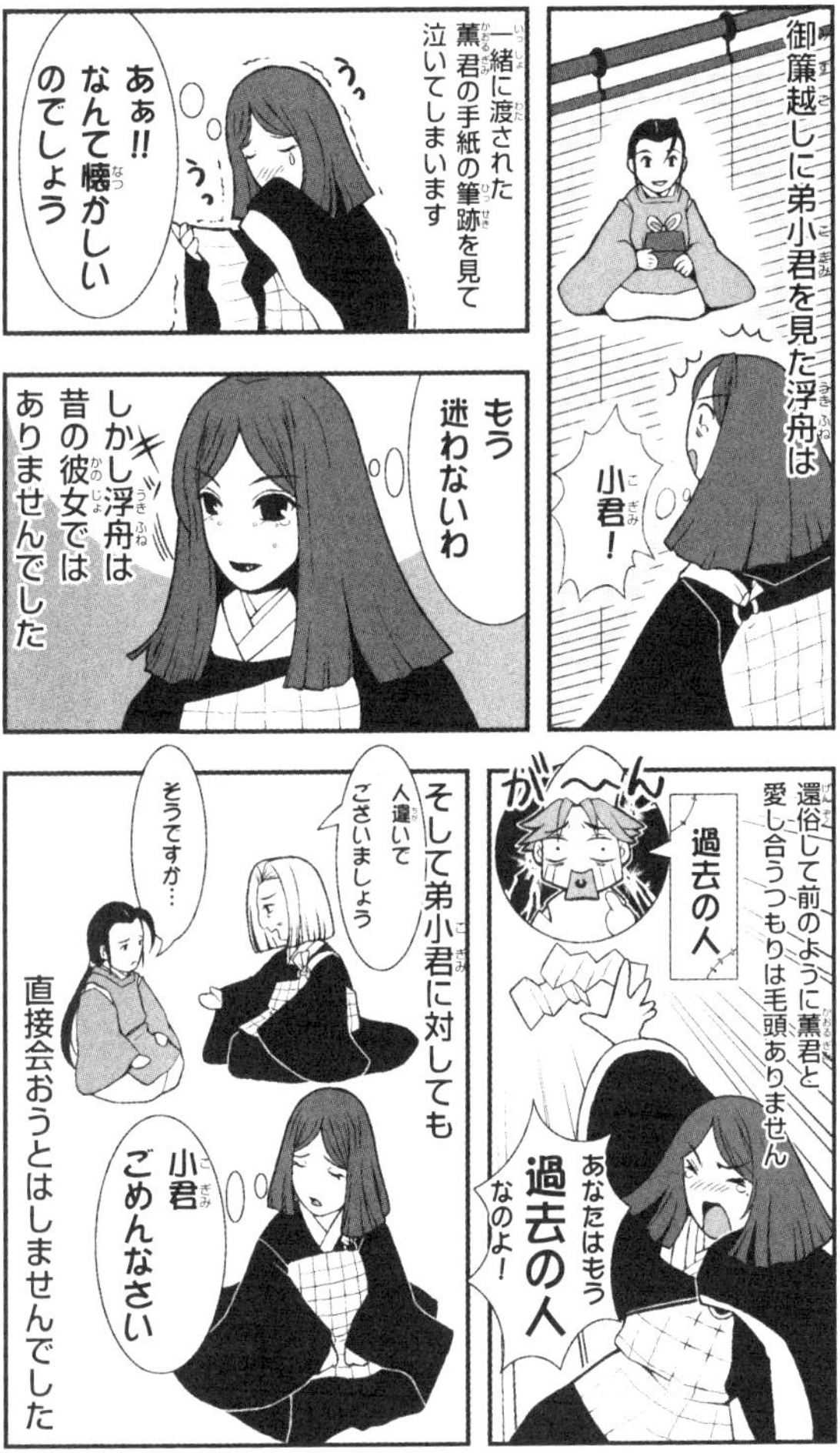

御簾《みす》越しに弟小君《こぎみ》を見た浮舟《うきふね》は
小君《こぎみ》！
一緒《いっしょ》に渡《わた》された薫君《かおるぎみ》の手紙の筆跡《ひっせき》を見て泣いてしまいます
うっ
うっ
あぁ!! なんて懐《なつ》かしいのでしょう
もう迷わないわ
キッ
しかし浮舟《うきふね》は昔の彼女《かのじょ》ではありませんでした
還俗《げんぞく》して前のように薫君《かおるぎみ》と愛し合うつもりは毛頭ありません
が〜ん
過去の人
あなたはもう過去の人なのよ！
そして弟小君《こぎみ》に対しても
人違《ちが》いでございましょう
そうですか…
小君《こぎみ》 ごめんなさい
直接会おうとはしませんでした

ダイジェスト浮舟

1. 八の宮の妾腹の子で認知されず田舎で育つ。
2. 大君や中の君の異母妹で大君と瓜二つ。
3. 薫君に愛されるが匂の宮とも契り、三角関係に。
4. 薫君と匂の宮のはざまで苦しみ投身自殺未遂。
5. 横川の僧都・小野の尼に助けられる。
6. 浮舟出家後、薫君がその生存を知るが面会は拒否。

浮舟をめぐる三角関係

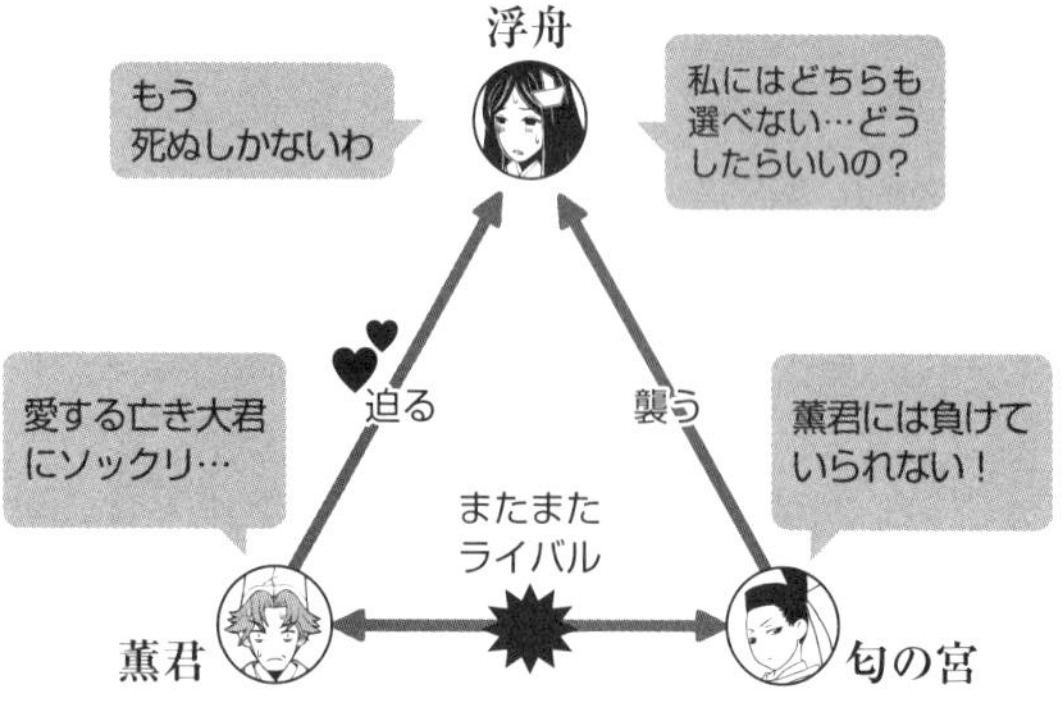
浮舟
もう死ぬしかないわ
私にはどちらも選べない…どうしたらいいの？
迫る
襲う
愛する亡き大君にソックリ…
薫君には負けていられない！
またまたライバル
薫君
匂の宮

第一部・第二部　系図

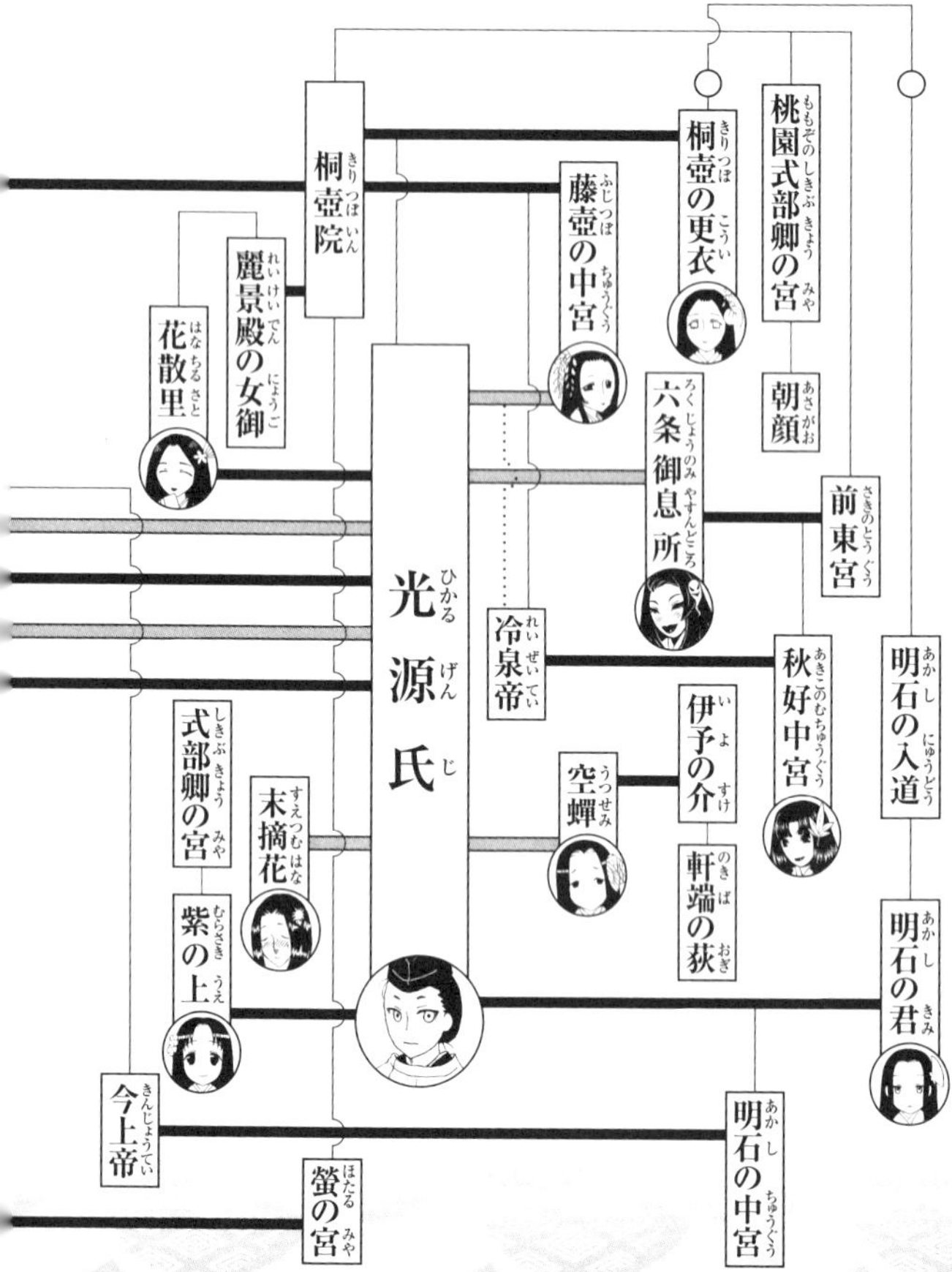

桐壺院《きりつぼいん》
桃園式部卿の宮《ももぞのしきぶきょうのみや》
桐壺の更衣《きりつぼのこうい》
藤壺の中宮《ふじつぼのちゅうぐう》
麗景殿の女御《れいけいでんのにょうご》
花散里《はなちるさと》
朝顔《あさがお》
六条御息所《ろくじょうのみやすんどころ》
前東宮《さきのとうぐう》
光源氏《ひかるげんじ》
冷泉帝《れいぜいてい》
秋好中宮《あきこのむちゅうぐう》
明石の入道《あかしのにゅうどう》
伊予の介《いよのすけ》
空蟬《うつせみ》
軒端の荻《のきばのおぎ》
式部卿の宮《しきぶきょうのみや》
末摘花《すえつむはな》
紫の上《むらさきのうえ》
明石の君《あかしのきみ》
今上帝《きんじょうてい》
明石の中宮《あかしのちゅうぐう》
螢の宮《ほたるのみや》

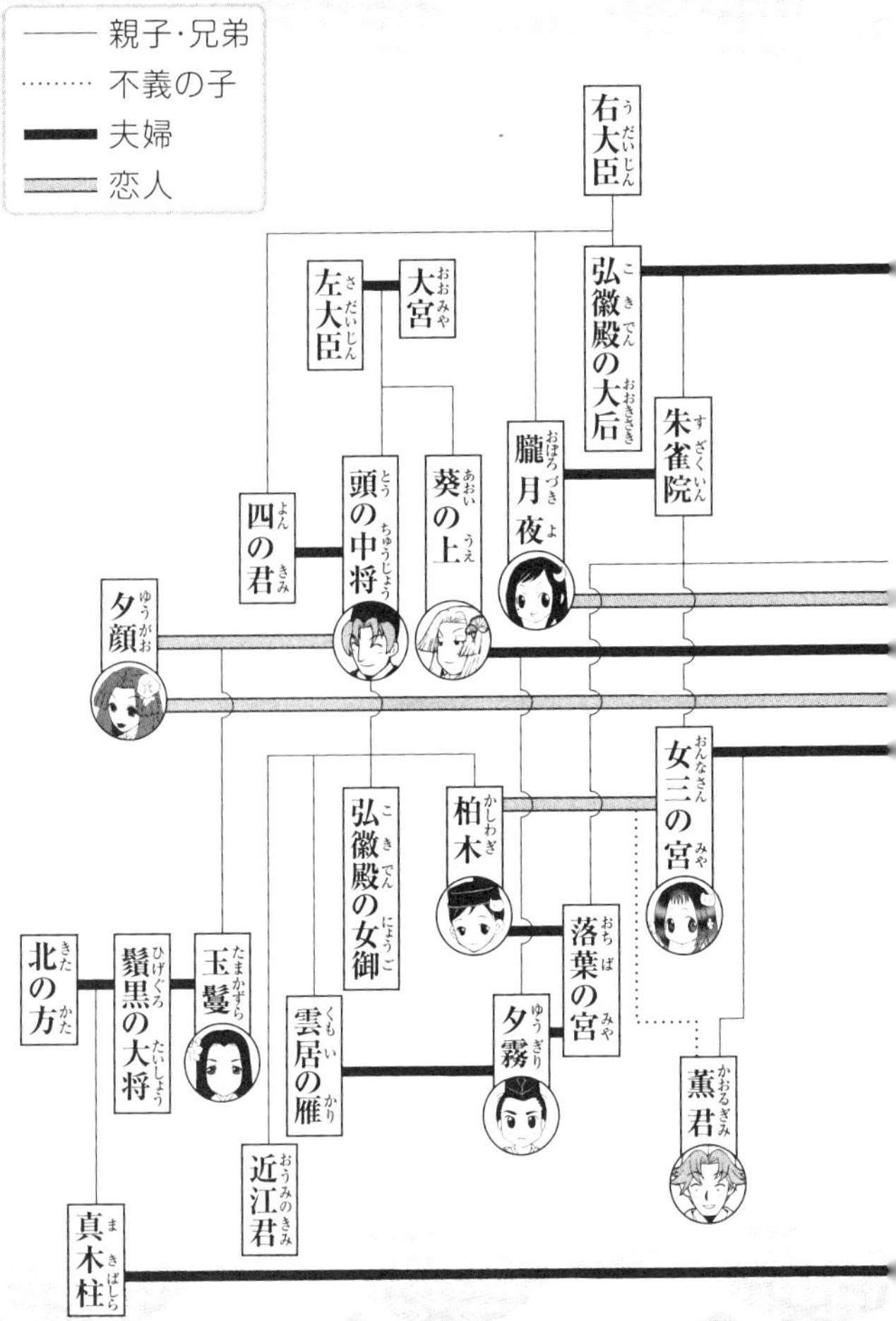

親子・兄弟
不義の子
夫婦
恋人
右大臣《うだいじん》
弘徽殿の大后《こきでんのおおきさき》
左大臣《さだいじん》
大宮《おおみや》
朱雀院《すざくいん》
朧月夜《おぼろづきよ》
四の君《よんのきみ》
頭の中将《とうのちゅうじょう》
葵の上《あおいのうえ》
夕顔《ゆうがお》
女三の宮《おんなさんのみや》
柏木《かしわぎ》
弘徽殿の女御《こきでんのにょうご》
落葉の宮《おちばのみや》
北の方《きたのかた》
鬚黒の大将《ひげぐろのたいしょう》
玉鬘《たまかずら》
雲居の雁《くもいのかり》
夕霧《ゆうぎり》
薫君《かおるぎみ》
近江君《おうみのきみ》
真木柱《まきばしら》

第三部 系図

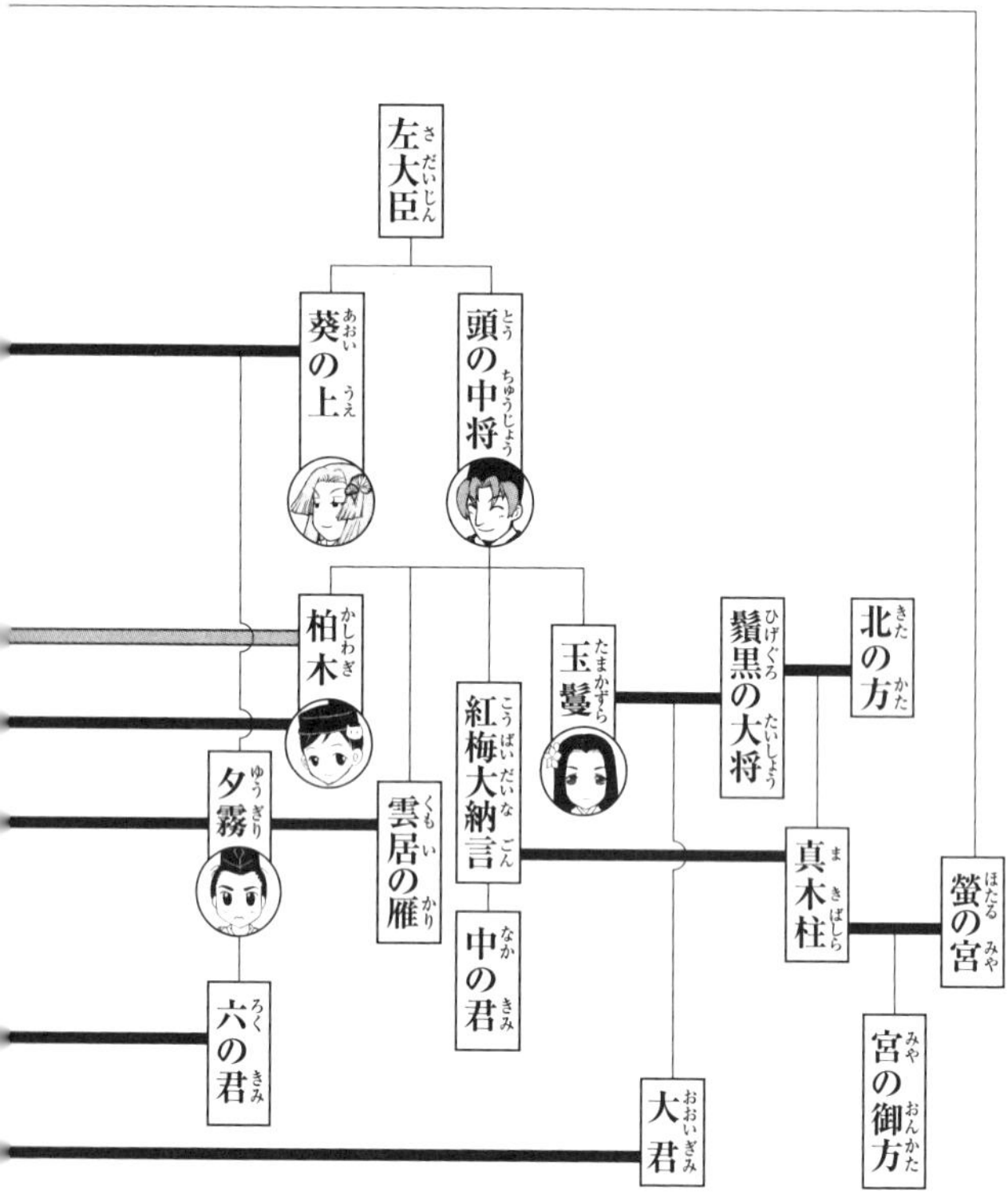
左大臣《さだいじん》
葵《あおい》の上《うえ》
頭《とう》の中将《ちゅうじょう》
柏木《かしわぎ》
玉鬘《たまかずら》
紅梅大納言《こうばいだいなごん》
鬚黒《ひげぐろ》の大将《たいしょう》
北《きた》の方《かた》
夕霧《ゆうぎり》
雲居《くもい》の雁《かり》
真木柱《まきばしら》
螢《ほたる》の宮《みや》
中《なか》の君《きみ》
六《ろく》の君《きみ》
宮《みや》の御方《おんかた》
大君《おおいぎみ》

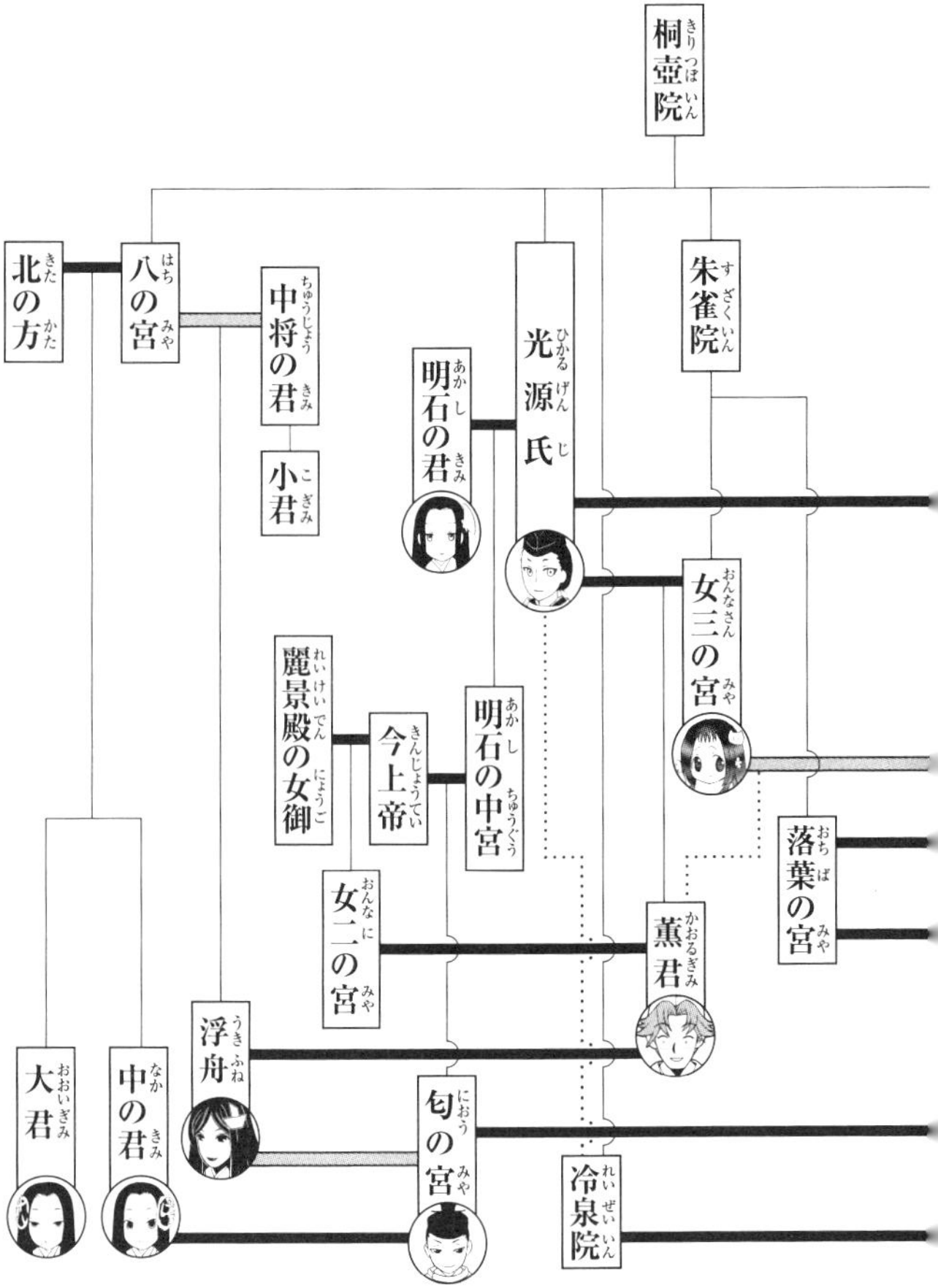
桐壺院《きりつぼいん》
朱雀院《すざくいん》
光源氏《ひかるげんじ》
八の宮《はちのみや》
北の方《きたのかた》
中将の君《ちゅうじょうのきみ》
小君《こぎみ》
明石の君《あかしのきみ》
女三の宮《おんなさんのみや》
落葉の宮《おちばのみや》
明石の中宮《あかしのちゅうぐう》
今上帝《きんじょうてい》
麗景殿の女御《れいけいでんのにょうご》
女二の宮《おんなにのみや》
薫君《かおるぎみ》
冷泉院《れいぜいいん》
匂の宮《におうのみや》
浮舟《うきふね》
中の君《なかのきみ》
大君《おおいぎみ》

本文イラストレーション　河村美穂、中口美保、中村泉、美雲
編集協力　橋本紀美

本書は、アルス工房より刊行された『ゴロゴ板野の源氏物語講義』を、
文庫収録にあたり加筆・改筆・再編集のうえ、改題したものです。

眠《ねむ》れないほどおもしろい源氏物語《げんじものがたり》

著者　板野博行（いたの・ひろゆき）
発行者　押鐘太陽
発行所　株式会社三笠書房
〒102-0072 東京都千代田区飯田橋3-3-1
電話　03-5226-5734（営業部）03-5226-5731（編集部）
http://www.mikasashobo.co.jp
印刷　誠宏印刷
製本　ナショナル製本

ISBN978-4-8379-6632-6 C0195

王様文庫